KB057912

도끼부인의

달달한 시골살이

도깨비부인의 달달한 시골살이

고은광순 지음

도서출판 모시는사람들

책을 내며

2010년 가을, 나는 25년간 함께 살던 남편과 다 성장한 아들들과 동그랗게 둘러서서 108배로 동거생활의 해체 의식을 치렀다. 그리고는 치매에 걸린 어머니를 모시고, 태어나 반백년을 살았던 서울을 떠나 계룡산 갑사 동네로 이사했다. 요양원에 계시는 동안 상태가 급격히 나빠진 어머니를 내 손으로 모시다가 보내드리고 싶었기 때문이다. 반년 만에 어머니가 돌아가셨지만 서울로 돌아가고 싶지 않았다. 명상 스승의 안내로 충북 옥천군 청산면 삼방리에 한의원과 살림집을 겸해 집을 짓고 2012년 가을 이사했다.

인생 후반부는 조용히 살겠다고 생각했지만 도종환 님이 보내 주신 정순철(해월의 외손자, 동요작곡가) 평전은 그 다짐을 쉽게 깨어 버렸다. 청산은 갑오년 동학혁명 당시 본부(대도소)가 있던 곳이었고, 해월의 딸 최윤이 정순철을 낳아 기른 곳이었다. 세상에…. 그 유명한 〈짝자꿍〉과 〈졸업식노래〉를 만든 이가 해월의 외손자였고, 그가 태어나 자란 고장이 청산이라니….

그 이야기를 안 쓸 수 없어 팀 작업으로 '여성동학다큐소설' 13권을 13명의 여성 작가가 써서 펴내게 되었다. 동학 소설을 쓰고 보니, 평화운동을 안 할 수 없어 2015년부터 '평화어머니회'를 만들어 평화 운동을 하게 되었다.

호주제폐지운동을 하며, 존재할 수 없는 한 줄기 부계 혈통에 집착하는 무지하고 어리석은 자들과 싸우느라 진이 빠졌던 내게, 청산은 새로운 기운을 불어넣어 주었다. 청산은 참으로 묘한 인연으로 내게 다가와 나를 떠밀어가고 있는 중이다.

시골은 죽어 가고 있다. 아이들 울음소리가 그친 지 오래다. 귀농・귀촌 인구가 늘고 있다고 하지만 정착이 쉽지 않고, 원주민들과 갈등이 만만치 않다. 정부 입장에서는 고령화로 인해 사라져 가는 농민을 붙잡을 수는 없다 하더라도, 농촌을 죽일 수는 없을 것이다. 그래서였을까. 지자체들은 2015년을 전후로 '행복마을만들기' 사업을 시작했다. 1단계로 신청해서 선발된 마을들에게 300만 원을 지원한다. 주민들은 사업을 기획하고, 실행하고, 평가받는다. 심사위원들은 활동 내용이 주민들 자신의 역량을 강화화면서, 서로 돕고 나누는 공동체의식이 활성화되는지 살펴본다. 신청 마을의 60%가 1단계 사업을 통과하면, 2단계에서는 3,000만 원을 지원한다. 그때부터는 훨씬 많은 일들이 벌어진다. 초기부터 컨설팅회사가 끌어주고 밀어준다. 컨설팅회사의 성의 있는 지도자 교육, 선진지 견학 안내, 전체 주민교육을 통해 주민의 역량은 강화된다. 내가 일하면서 내가 놀란다. 참으로 신통방통한 정책이다.

처음 충북도로부터 300만 원 지원을 받고 행복마을 1단계 사업을 시작하면서, 그 돈으로 할 수 있는 일이 무엇이고 얼마나 달라질 수 있을지 회의적이었다. 그러나 일을 하면서 속으로 혀를 내둘렀다. 대체 누가 이런 생각을 했지? 그 과정을 글로 남겨야겠다고 생각했다. 글로 남기지 않으면 소중한 이야기들이 어느 결에 휘발되어 사라질 테니까…. 동네 어르신들이 하나둘 사라지고 잊히고 마는 것처럼…. 행복마을 만들기 과정의 주요한 대목들을 한 편씩 써서, 주주통신원들의 마당인 〈한겨레온〉에 연재하기 시작했다.

이 책은 16회에 걸쳐 연재한 글을 보완하고 가다듬은 것이다. 이 책에 등장하는 하늘과 들과 강과 삼방리 사람들, 그리고 삼방리를 오간 숱한 사람들, 그 집과 집의 담벼락들, 풀들과 지금도 불어오가는 바람들이 이 책의 진짜 저자라고 믿으며….

옥천군 청산면 삼방리에서 새 봄을 기다리며

도끼부인 고은광순

새 이장이 들어서고
행복마을사업을 시작하다

1997년 창간되어 10년 후에 폐간된 페미니스트 잡지《이프》(웃자 놀자 뒤집자 if)에 '호주제폐지운동'을 하면서 내가 겪은 가부장 문화에 찌든 폭력적인 남성우월주의자들 이야기를 연재한 적이 있다. 연재물 큰 제목이 '고은부인 도끼 들었네'였고, 매 회 소제목을 다르게 붙였는데 연재가 계속되자 사람들은 나를 '도끼부인'이라 불렀다.

내가 아무리 '고은부인'이라고 정정을 해 주어도 '도끼부인'으로 부르기를 고집하던 사람들은 내가 지금 시골에서 이렇게 달달하게 살고 있다는 걸 짐작이나 하려나? 한때 '도끼부인' 소리를 듣던 내가 8년 전 충북 옥천군 청산면 삼방리에 귀촌하여 어떻게 달달하게 살고 있는지 이제부터 독자 여러분께 공개하려고 한다.

거실 창에서 내려다 본
삼방리 저수지와 산봉우리들

1970-1989년대에 학생운동으로 제적된 후 다시 한의대에 입학하여 한의사가 되었으나, 의료계의 비합리성에 연속적으로 투쟁하느라 나는 늘 분주한 삶을 살았다. 귀한 인연으로 명상공부를 하게 되었고 서울에 남편과 아이들을 둔 채 스승의 안내로 2012년 청산 삼방리의 산 초입에 한의원과 살림집을 지어 이사했다.

삼방리는 차로 5분 거리에 있는 두 개의 마을 장녹골과 가사목으로 나뉘어 있다. 두 마을을 합해도 40여 세대, 60여 명이 조금 넘는 작은 마을이다. 이사간 첫 해 겨울 총회를 한대서 마을회관으로 갔더니, 결산보고를 놓고 주민들 간 언성이 높아지는 게 아닌가. 감사가 있으면 안 싸울 거라는 말을 했다가 그 자리에서 감사로 지목되고 말았다.

그러나 그 후 이장은 일 년 내내 감사를 회피했고, 면장 지시로 겨우 내 앞에 앉은 이장과 총무는 내가 요구한 은행 입출금 내역과 잔액증명을 내어 놓지 않았다. 그 대신 '왜 통장을 보려하는가, 통장은 총무 개인 것이기 때문에 보여줄 수 없다.'는 말을 되풀이했다. 그들이 내어놓은 것은 잔액이라며 수표를 사진 찍어 복사한 것 한 장. 아아…. 그들은 마을 통장도 만들지 않은 채로 동네 노인들을 속여 왔던 것이다.

여성동학다큐소설을 시작하기 위한 합숙훈련을 떠나느라 총회에 참석하지 못하고 미리 감사보고서를 제출했지만, 모두 친인척으로 엮인 동네에서 그는 자기 마음대로 감사를 교체해 버리고 건재를 과시했다. 다음 해 총회를 벼르고 있었는데, 오후에 한다더니만 아침에 몇 집 연락해서 몇 사람 앉혀 놓고는 총회를 끝내고 가 버렸다고 했다. (그는 결혼 후 줄곧 옥천군을 떠나 영동군에서 살면서 가끔씩 찾아와 이장 노릇을 했다.) 땅 주인은 죽고, 먼데 사는 딸들은 고향을 찾지도 않는다는데 이장은 특별법이 가동되면 그 땅을 우선적으로 구입할 권리를 보장해 준다는 각서를 써 주고 귀촌인들에게 시가대로 돈을 받아

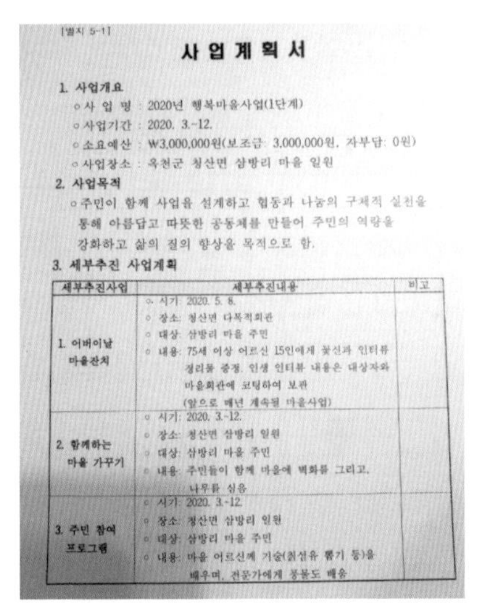
[별지 5-1]

사 업 계 획 서

1. 사업개요
   ○ 사 업 명 : 2020년 행복마을사업(1단계)
   ○ 사업기간 : 2020. 3.~12.
   ○ 소요예산 : ₩3,000,000원(보조금: 3,000,000원, 자부담: 0원)
   ○ 사업장소 : 옥천군 청산면 삼방리 마을 일원
2. 사업목적
   ○ 주민이 함께 사업을 설계하고 협동과 나눔의 구체적 실천을 통해 아름답고 따뜻한 공동체를 만들어 주민의 역량을 강화하고 삶의 질의 향상을 목적으로 함.
3. 세부추진 사업계획

세부추진사업	세부추진내용	비고
1. 어버이날 마을잔치	○ 시기: 2020. 5. 8. ○ 장소: 청산면 다목적회관 ○ 대상: 삼방리 마을 주민 ○ 내용: 75세 이상 어르신 15인에게 꽃신과 인터뷰 정리물 증정. 인생 인터뷰 내용은 대상자와 마을회관에 코팅하여 보관 (앞으로 매년 계속될 마을사업)	
2. 함께하는 마을 가꾸기	○ 시기: 2020. 3.~12. ○ 장소: 청산면 삼방리 일원 ○ 대상: 삼방리 마을 주민 ○ 내용: 주민들이 함께 마을에 벽화를 그리고, 나무를 심음	
3. 주민 참여 프로그램	○ 시기: 2020. 3.~12. ○ 장소: 청산면 삼방리 일원 ○ 대상: 삼방리 마을 주민 ○ 내용: 마을 어르신께 기술(천연섬유 뽑기 등)을 배우며, 전문가에게 풍물도 배움	

사업계획서는 면→군→도로 올라간다.
깐깐한 공무원들의 요구에 익숙해지는 것이
바로 주민역량강화인 듯

챙겼다.

그를 자주 만날 수도 없으니 나는 그에게 핸드폰으로 가끔 한 줄 문자를 날렸다. "나는 맑고 밝은 청산에서 살기 위해 이사를 왔습니다." 그는 몇 년을 나와 만나기를 피하더니 재작년에 암에 걸려 세상을 떠났다.

인구가 줄어드는 시골마을에 수년 전부터 지자체에서 돈을 지원하며 공동체를 살리는 노력을 하고 있다는 것은 새 이장을 통해 알게 되었다.

일 년에 300만 원을 지원해 준단다. 곧바로 신청했고 충북에서 선정한 20군데 마을의 하나가 되어, 올해(2020) 4월부터 사업을 시작했다. 가을에 심사를 해서 60% 안에 들면 2단계 행복마을 사업을 할 수 있게 되고, 지원금도 10배로 늘어난단다. 운영위원회를 조직하고 운영위원장이 되어 원하는 사업들을 조사해서 청구서를 제출했다. 공동운영위원장을 맡은 이장은 전적으로 뒤를 밀어주겠다고 약속했다.

우선 저수지를 따라가며 나무를 심고, 어버이날 잠깐 대접받던 어르신들을 위한 특별한 날 행사를 준비하며, 벽화를 그리고 요가를 배우기로 했다. 풍물을 배우고자 했으나 모든 강사는 '자격증'이 있어야 하고 모든 지출은 견적서, 납품서, 카드 영수증 3박자를 갖추어야 했기 때문에 사업 내용을 수정했다.

300만 원 쓸 게 뭐 있남? 가사목은 놓아두고 장녹골만 하는 게 어떨까? 그러나 나중에 알게 되면 소외된 서러움이 얼마나 클 것이며 얼마나 아플 것인가? 지켜질 수 없는 비밀일 터이니 애당초 다 포용하는 것이 옳겠다. 적은 돈이지만 떨어져 있는 두 마을이 함께 가보자고!

마을을 청소하고 나무를 심었다

마을청소부터 하자는 제안이 있었다. 3월 16일 이장님의 아침 방송을 듣고 모두 집게 따위를 들고 동네입구에 모였다. 귀촌한 지 8년 만에 처음으로 겪는 마을 공동 작업이다. 마을 전체를 위해 무언가 함께 작업한다는 게 시골에서야 흔치 않은 일일 것 같은데 아니, 이사 오고 8년 만에 처음이라니.

컨설팅 회사 부장님에게 '300만 원을 가지고 일 년 동안 써 볼 게 뭐 있겠냐?'고 물었을 때 그녀는 빙그레 웃으며 "돈만 가지고 할 수 없는 많은 일들이 일어난다."고 답했다. '아! 이런 게 그런 건가…' 생각을 하며 꽁초를 줍고, 찌그러진 깡통들을 주웠다. 한 마을에 살면서도 건성건성 인사만 하고 지나치는 사람들도 있었는데, 함께 작업을 하며 비로소 진짜 이웃이라는 생각이 스멀스멀 밀려들었다. 차로

귀촌 8년차.
마을청소는 처음으로 경험한 공동 작업이다.

지나칠 때는 몰랐지만 다 줍고 보니 한 트럭이 되었다. 자루는 깡통, 병, 꽁초, 플라스틱, 스티로폼 따위로 가득가득 찼다. 주변의 산과 논밭을 새삼 둘러보았다. 자연은 그 많은 잎과 꽃과 열매와 씨앗들을 생산하고 떨구어도 쓰레기가 되지 않는데, 우리가 주워 담은 쓰레기는 모두 인간이 만들어 낸 산물이라니….

통장 입금된 돈 300만 원 중에 제일 처음 지출된 건 식목일 전후에 저수지를 따라 심게 될 나무 구입비 100만 원. 사전에 여러 명의 뜻을 모아 냉해에 강하다는 석배롱나무와, 빨리 위로 자라면서 저수지

나무 심는 동안 우리는 김밥을 준비했다.
아암, 4월 야외작업에는 김밥이 제격이지.

풍광을 가리지 않을 측백나무 문그로우 묘목 각 90그루씩 인터넷으로 구입했다. 온라인 자동이체 했더니 아뿔싸! 카드로 결재하면서 동시에 견적서와 납품서도 받아야 한단다. 팩스로 받는 것도 안 되고 인주 묻힌 도장이 찍혀야 한다고. 하라는 대로 하는 수밖에 없다. 부정을 막기 위해서 고육지책으로 생각해 낸 것일 터이니, 빨리 받아들이는 게 공무원이 생각하는 주민 역량 강화일 것이다.

도로변 가로수들을 살펴보니 대개 6미터 간격으로 심어져 있었다. 나무를 심기 전날 붓에 먹을 찍어 일곱 발자국(4.2미터)마다 가드레일

나무를 다 심고 삼삼오오 둘러앉아 김밥을 먹었다.
이게 김밥이여, 꿀이여?

에 O, 1 표시를 해 두었다. 문그로우는 좁고 높게 올라간다니 8.4미터 마다 심고('1' 표시 한 곳) 사이사이에 배롱나무를 심으려는('O' 표시 한 곳) 것이다. 4월 3일 나무 심는 날, 마을회관은 코로나로 폐쇄되어 집에서 김밥을 쌌다. 날씨도 풀렸으니 나무 심는 야외작업을 하면서는 김밥 먹는 게 제격일 듯했다.

얼마 전에 누군가에게 시금치를 많이 얻었기에 무엇에 쓸고 하다가 집에서 대충 재료들 준비해서 단체로 침을 맞고 있는 가사목 왕언니들과 함께 김밥을 만들어 먹었다. 어머니는 소풍 가는 날은 6남매 모두의 도시락에 김밥을 싸 주셨으니, 내게는 김밥 싸는 모습을 보는 것도 먹는 것도 자주 있는 일이었다. 그런데 "가사목 회관 짓고 18년 만에 김밥 싸는 건 처음 보는 일"이라거나, "자식들 소풍 갈 때 한 번도 김밥을 싸주지 못했다"는 왕언니들을 보면서 소박하게라도 가끔은 함께 싸서 먹어야겠다고 생각했던 터였다.

부지런히 60줄 김밥을 싸고 있는데 벌써 작업이 끝났다는 전갈이 왔다. 가드레일에 O, 1을 표시한 덕일까. 180그루 묘목을 심는데 두 시간이 채 걸리지 않았다.

마른 풀 더미 위에 둥그렇게 삼삼오오 앉아 함께 먹는 김밥. 비록 많은 밥을 하느라 설기도 하고 탄 냄새가 나기도 했지만 웃으며 함께 먹는 김밥은 꿀맛이었다.

나무를 심은 뒤 물을 주었다. 농촌이다 보니 트럭이며 커다란 물통이 쉽게 동원되었다. 덕분에 객지에 나가 살다가 3년 전에 고향으로 돌아왔다는 C씨 집에 처음으로 가 보았다. 마을회관에서 잠깐 마주치며 눈인사만 하던 사이. 이름을 들어도 금방금방 잊어버렸던 사이. 그런데 나무에 물을 주며 통성명도 하고 나이도 물으며 슬슬 반말로 농도 지껄이게 되었다. 한동네에 살게 된 지 3년이나 지났는데, 집이 어디 있는지도 몰랐는데, 과거에 무슨 일을 했는지도 몰랐는

"거기는 안 파도 된다니께!"
말은 거칠게 나가도
속으로는 감사할 따름이다.

데…. 이렇게 슬슬 귀촌인, 귀향인, 귀농인과 주민들이 섞여들었다. 오호라. 이것 또한 행복마을 만들기 사업이로고….

간만에 내려온 남편이 저녁을 많이 먹었다고 산책을 나가잔다. "네압!" 큰소리로 대답하고 조용히 호미와 괭이를 챙겨 따라 나섰다. 나무 주변에 홈을 파 주어야 물 주었을 때 흘러내리지 않고, 나무 주변 흙이 조금 더 촉촉해질 수가 있다. 도로가로 내려와 남편에게 호미 하나를 건네주고 조용히 시범을 보여주었다. 눈치 빠른 남편이 군소리 없이 나무 앞뒤로 땅을 팠다. 어떤 건 심을 때 홈을 파두어 그냥 지나쳐도 될 것이었는데 남편은 확실하게 구덩이를 파느라 꾸물거렸다. "거긴 그냥 둬두 된다니께!" 말은 그렇게 해도 감사할 따름이다.

치매 걸린 어머니를 돌아가시기 전까지 제대로 모시겠다는 핑계로 남편과 아들들을 서울에 남기고 갑사 동네로 떠났었다. 어머니가 돌아가신 이후 회색빛 서울로 돌아가고 싶지 않아 명상 스승의 안내로 뿌리를 내리게 된 청산 삼방리. 서울에서 함께 살 때는 곧잘 투닥거리던 사이였지만, 혼자 청산에서 살게 되니 어쩌다 만나는 서방님과 투닥거릴 일이 사라졌다. 나도 모르는 일이지만 언제부터인가 남편이 무언가 요구를 하면 "네압!" 하고 소리를 크게 지르게 되었다. 그때마다 남편은 저항과 복종이 뒤섞인 복잡한 의미를 알아차렸는지 시끄럽다고 정색을 하며 조용조용히 하랬다.

"네압! 조용히 하겠습니닷!"

서울에 가서 길을 막고 물어봐라. 매번 그렇게 시원시원하게(^^) 대답해 주는 마누라가 어디 흔한지.

마을 단체복으로 앞치마 만들고 행복마을잔치

매년 5월 8일 어버이날에는 여기저기서 들어온 후원금을 보태어 동네 어르신들을 모시고 버스를 대절하거나 동네 차에 나누어 타고 별식을 먹고 가무를 즐겼다. 작년에도 크게 다르지 않았다. 그러나 정작 마이크는 젊은이(60대~70대^^)들 차지. 왕언니들은 밖으로 피난 나와(ㅠㅠ) 웅얼웅얼 하셨다. 그중 한 왕언니가 흘리는 말씀이 내 가슴을 후려쳤다.

"우린 내년에 못 올지도 모르는데…."

가끔 동네 어르신들 중에는 타지에 있는 자식들 집이나 요양소로 떠나서는 다시는 돌아오지 못하는 경우들이 있다. 그냥 그렇게 쉽게 놓아버릴 수 있는 인연이 아닐진대….

그래. 한평생 고생하며 허리가 반으로 꺾인 그분들을 그냥 그렇게

'환타색' 천을 끊어 마을 단체복으로 앞치마를 만들었다.
남정네들에게도 입혀보자!

보내드릴 수는 없는 일이다. 내년에는 75세 이상 상노인들을 집중적으로 조명하는 그런 행사를 해 보면 어떨까. 선물로는 까만 고무신에 주민자치 한국화 시간에 배운 꽃그림을 아크릴 물감으로 그려드리자. 그들을 인터뷰해서 그 기록을 본인에게 드리고 마을에도 보관하자. 그들이 청산의 역사이며 한반도의 역사다. 그들의 한평생이 연기처럼 사라지지 않게 하자.

그날 이후, 침을 놓으며 달력종이 뒤에 왕언니, 오빠 15명 인생을 꼬치꼬치 물어 적었다. 고향은? 아버지 어머니 이름은? 몇 살에 시집

앞치마 가슴에 인쇄할 그림.
웃는 달마 얼굴로 저수지 신령님을 그렸다.
"이 행복이 삼방리 거지?", "이 행복이 삼방리 거냐?" 두 개 중에 '거냐?'가
낙점을 받았다. 남정네들에게도 입혀보자!

왔으며 살림형편은? 자식은? 손주들은? 인생에서 제일 기뻤던 일은? 힘들었던 일, 슬펐던 일은? 앞으로 바라는 바는?

쪼들리고 배고팠던 삶. 그 속에서도 놓지 않았던 자식들 사랑. 자식에게 달걀 하나를 마음 놓고 못 먹이고 배불리 먹이지 못했다는 죄책감은 지금껏 이어진다. 베갯잇을 눈물로 적시며 살던 그 시절이 지금 와 생각하면 그렇게도 억울하단다. 저들이 억울함을 가슴에 품고 돌아가게 해서는 안 될 것이다. 억울함은 딱 거기까지!

틈틈이 명상을 함께 하며 자식 손주에게 국한된 사랑을, 폭탄 터지

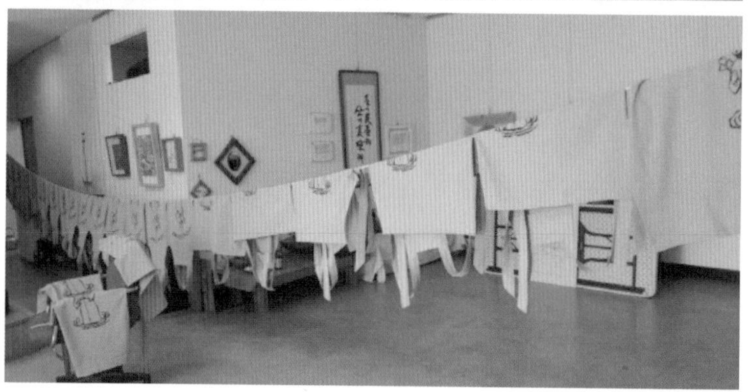

옥천의 지인들이 염가에 실크프린팅을 해 주었다.
복 받으실겨~

는 세상의 아이들에 대한 사랑으로 넓혀보자고 했다. 불행했던 과거는 가 버리고 없으니 지금 여기에 잘 살고 있음을 감사하며 세계 평화를 기원하는 천사할머니들이 되자고요!

그러다가 마침 행복마을 만들기 사업을 만나게 되었으니 훨씬 풍성한 기획을 할 수 있게 되었다. 컨설팅회사 '씨앗'에서 가외로 후원해주는 돈 40만 원으로 마을 단체복을 마련하기로 했다. 티셔츠? 조끼? 앞치마? 좋아, 늘 왕언니들만 허리 꼬부리고 부엌에서 일하면, 남자들은 앉아서 받아먹기만 하더라. 남자들에게도 앞치마를 입혀 보리라! '환타색' 면을 끊어다가 주민 중 바느질 전문가인 박성숙 씨의 도움으로 앞치마 36장을 만들고 자투리로는 마스크와 머리띠, 머릿수건을 만들었다.

앞치마 가슴에는 뭘 그려 넣을까? 행복마을사업을 하기로 한 이후 어려운 일이 닥치면 곧바로 스르륵 해결 방법이 나타나고는 했다. 하늘님이 도우시는 건가, 땅님이 도우시는 건가. 그려 우리 마을 저수지에서 신령님 한 분을 모셔오자. 웃는 달마 얼굴을 그려 보았다. "이 행복이 삼방리 거지?" "이 행복이 삼방리 거냐?" 신령님은 우리가 물에 빠뜨린 걸 이번 기회에 찾아 주실 거다.

컨설팅 회사 '씨앗'은 행복마을 만들기에 밴드 활용을 적극 권했다. 주민뿐 아니라 타지에 나가 있는 자녀, 일가친척을 다 초대해서 마을의 변화를 지켜보고 참여할 수 있게 하라는 것이다. 먼저 접촉

꽃고무신을 신은 무대 앞의 주인공들.
이렇게 주인공으로 대접 받기는 처음이라고….

남녀 모두 앞치마 단체복을 입었는데
예상과 달리 어색해하지 않으셨다.

이 된 자녀들에게는 마을잔치에 쓰일 축하 메시지를 담은 동영상을 부탁했다. 어르신들이 활짝 웃는 모습들을 넣어 현수막도 만들었다. 모든 준비는 끝났지만 코로나 때문에 한 달을 미루고 장소도 옮겼다.

6월 8일. 발열검사 하고, 손소독제 바르고, 마스크 쓰고, 입장한 참여자들 중 75세 이상 어른들은 꽃고무신을 신고 무대의자에 앉아 그들의 사진과 인생이야기를 앞뒤로 코팅한 선물을 받으셨다.

멀리 사는 자녀들이 보내온 축하동영상은 행사의 하이라이트! 모두들 너도 놀라고 나도 놀라는 눈치들이 역력했다. 왕언니들은 지금까지 살면서 이렇게 대접 받아본 적이 없었다며 기뻐하셨다. '내년에는 더 잘 준비해 보겠습니다. 건강들 잘 챙기세요. 고사리 꺾으러 갈 때도 조심조심, 마실 다니실 때도 조심조심….'

행사가 잘 끝나고 밴드에 사진과 이야기가 실리자 그동안 침묵을 지키던 외지에 사는 자녀들이 하나 둘 글을 쓰기 시작했다. 오호라…. 왜 이름이 밴드인가 했더니 이렇게 연결해서 묶어 주는구만…. 카톡과 달리 뒤늦게 들어와도 맨 앞의 게시 글부터 모두 볼 수 있으니, 누구라도 흐름을 알 수 있다. 밴드가 이렇게 유용한 것인지는 나도 처음 실감하게 되었다. 좋은 세상이다. 제대로 이용하며 행복을 찾아가보자. 에헤라디여~!

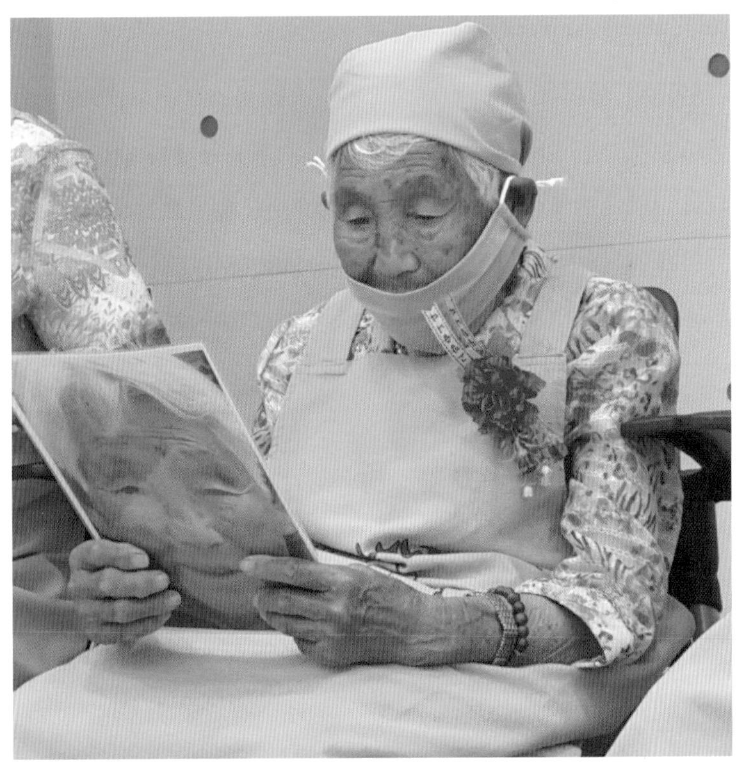

한쪽에는 본인 웃는 사진을 다른 한쪽에는 살아온 인생을 프린트해서 2부씩 코팅했다.
하나는 본인에게 주고, 하나는 마을회관에 보관할 것이다.
당신들이 우리 마을 역사입니다!

요가수업과 벽화그리기 준비작업

마을잔치를 끝냈으니 부리나케 그다음 진도를 나아가야 했다. 코로나 때문에 늦게 시작되었고 마을회관이 폐쇄되어 회의도 주민교육도 모든 것이 여의치 않았지만, 8월 말이나 9월 초에 사업을 다 마무리하고 심사 받게 된다니 부지런을 떨어야 한다.

가까이에 풍물 고수가 있어서 그에게 풍물을 배우고 싶었지만, 그가 '자격증'이 없다는 이유로 신청을 거절당했다. 오래전 굶주렸던 시절 가계에 큰 보탬이 되었다던 칠거지 기술(칡넝쿨을 무르게 삶아 물러진 줄기살을 벗겨내고 섬유질만 뽑아내던)도 할머니들에게 배우고 싶었지만 그들 또한 어떠한 '자격증'도 없어 비용을 지불할 수 없다 해서 포기했다. 플라스틱 때문에 지구오염이 나날이 심각해져가는 지금, 산에 들에 널려 있는 칡넝쿨 이용해서 실을 뽑아낸나면 쓰레기 걱정도 없이 여러 모로 쓸 모가 있을 터인데 말이다. 급히 수정해서 신청한 프로그램이 요가. 5회 요가 수업을 담당할 '자격증'이 있는 '박용운샘'은 삼방리에 조만간 집을 지어 이사 올 사람이니 여러 모로 잘 되긴 하였다. 박샘에게 제안을 했다. 강사비 중 매회 3만 원씩 떼어주면 수업 끝나고 함께 만들어 먹을 수 있게 간식을 준비하겠노라고.

왕언니 오빠들과 '나의 인생이야기'를 인터뷰하면서 공통적으로 그들이 어린 시절, 결혼 초, 아이들 기르는 동안 얼마나 오랫동안 고생했는지 들었다. 시계도 없던 시절, 새벽 별 위치를 살펴가며 한참을 익혀야 하는 깡보리밥 지어 장아찌 반찬 담아 '벤또' 싸 주고 학교 보내고 나면, 자기는 먹을 것이 남아있지 않더라고 했다. 많은 식구가 먹기 위해 약간의 곡식에 온갖 나물 뜯어다가 죽 쑤어 입에 풀칠을 하고 살았단다. 시집 온 지 7년 만에 아기가 들어섰는데, 반갑기보다 무얼 먹여 키우나 하는 걱정이 앞서더라고. 앞뒷집에 사는 새댁 둘이는 나물을 뜯어 말려서 먼 시장에 팔러 나갔는데, 돈을 아끼느라 국수를 하나 시켰더란다. 그 국수를 자기에게 더 많이 덜어주더라고 60갑자가 지났는데 그 고마움을 잊지 않고 이야기하신다. 집으로 돌아와 그들 이야기를 정리하면서 먹먹한 적이 한 두 번이 아니었다. 그들에게 한없이 미안하고 감사했다. 기회가 닿기만 하면 그들에게 조금이라도 더 맛있는 것, 더 재미있는 걸 경험하게 해 드리고 싶었다. 왕언니들이 입에 달고 사는 "억울하다"는 소리가 "나 자신에게,

박용운 선생님의 요가 지도.
들이쉬고 내쉬고…. 내쉴 때는 근심 걱정도 모두 내 보내고….

세상 만물에게 감사하다"는 소리로 완전히 바뀔 때까지 분투하자!

수업시간에 장난치는 학생들은 꼭 있게 마련. 얼마 전에 맹장수술을 하신 똘똘이 김정자 여사께서 컨디션이 회복되신 모양. 말타기에 도전하시었다. 톰과 제리처럼 만나면 투닥거리는 두 분이다.

벽화는 일찍이 인터넷을 뒤져 벽화자봉팀을 찾아 문자로 부탁했다. 코로나19 때문에 자봉단 확보가 힘들어서인지 어쩌다 돌아오는 답신은 시들시들했다. 그러거나 말거나 우리는 준비를 확실하게 해

박 선생이 강사비의 일부를 떼어 간식비를 댔다.
끝나고 나면 고로케, 도넛 등을 만들어 먹는 재미가 쏠쏠하다.
여자들은 못하는 게 없다니깐.

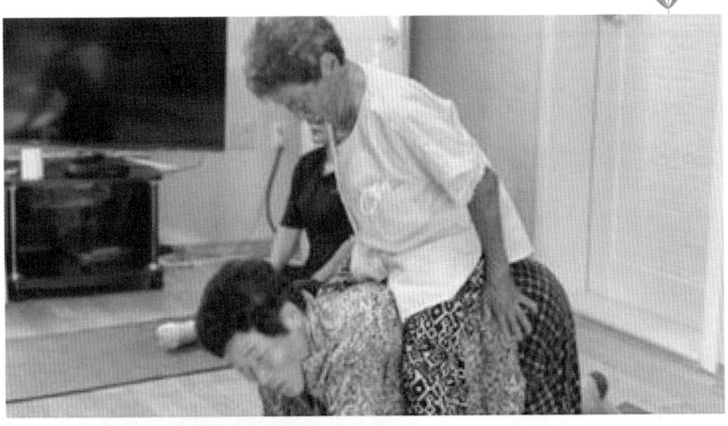

수업시간에 장난을 치는 꾸러기들은
청산 삼방리에도 있다.

두어야 할 터. 장녹골과 가사목의 담들을 요모조모 훑고 다녔다. 제일 큰 골칫거리는 가사목 입구 노인회관 앞에 있는 양씨네 담벼락. 누군가가 차로 후진하며 박았는데 농사철에만 가끔 들르는 주인은 언젠가(ㅜ.ㅜ)는 집을 새로 지을 것이라며 방치하고 있는 중.

이장님은 전문가가 이틀을 달라붙어도 복구가 불가능하다며 손사래를 치는데 나는 겁도 없이 "내가 책임 질게욧!" 큰소리를 치고 말았다. 지자체에서 지원 받은 돈은 인건비, 식비, 사전작업비로 한 푼도 쓸 수 없다. 하여 남편에게 시멘트 '지정후원금'을 마을에 기부하게 한 뒤, 다시 그 돈을 이장에게 받아내어 시멘트와 도구들을 사 놓았다. 보수를 잘해 주리라 믿고 있던 남편에게 슬며시 사진을 보냈더니 흙벽은 시멘트로 보수할 수가 없단다. 이를 어쩐담.

노인회관 뒤에 사는 양기현 샘이 친구에게 수리하고 남은 흙벽돌이 있을 거라 했다. 양샘은 며칠 뒤 새벽, 친구에게 흙벽돌을 얻어다가 산에서 퍼온 황토를 개어 말끔하게 구멍을 때웠다(후일 들으니 양샘은 다음 날 조용히 병원에 가서 고장난 허리디스크 시술 치료를 받고 왔다고 한다. 이렇게 고맙고 미안할 수가…. 복 왕창 받으시라!)

너도 나도 덤벼들어 가사목 그림 그릴 두 곳 벽에 시멘트를 매끈하게 발랐다. 아니, 솔직히 매끈하다고는 할 수 없다(ㅜㅜ). 그러나 그들이 흘린 땀방울이 시멘트 반죽에 섞였으니 어찌 곱고 귀하다 하지 않으랴. 벽에 바를 페인트로 고민하고 있을 때 앞치마를 만들어준 박

흙벽돌을 구해 황토를 발라 구멍을 때우고
양씨 형제와 장녹골 노인회장 등 주민들이 시멘트를 바르고
며칠 후 페인트를 칠했다.

성숙 샘이 자기 집에 페인트가 많이 남아 있다고 필요한 대로 가져다 쓰라고 했다. 에헤라디여~! 그것 보라구. 신령님이 돕고 계시다니께!

도로에서 보이는 박영화 할머님네 창고도 시멘트를 바르고 며칠 뒤 페인트를 칠했다. 아랫동네 가사목은 그림 그릴 두 군데 담벼락이 이렇게 마련되었다.

이제는 윗동네 장녹골 벽을 단장할 차례. 장녹골 벽은 크게 손상된 곳이 없어 일부를 시멘트로 매끄럽게 다듬는 보수작업과 페인트 칠을 하루에 모두 끝냈다. 오랜만에 동네를 단장하는지라 짠돌이 이장님도 기분이 좋았는지 작업 끝난 후 돼지고기, 오리고기로 동네잔치를 열었다. 동네 입구 최씨네는 부모님 돌아가신 뒤 그 자녀들이 주말마다 아이들을 데리고 와 머물다 간다. 그들도 시멘트 블록을 낮게 쌓은 담에 페인트를 칠했다. 장녹골도 벽화 준비작업 완료!!!

여전히 걱정인 것은 서울 벽화자봉팀 반응이 미지근하다는 것. 그런데 벽화 그린다는 소식을 들은 후배에게서 반가운 소식이 날아왔다. 대전에서 대안학교에 관여하고 있으며 장차 이곳에 들어와 살 예정인 그녀가 학생 5명과 교사 8명을 자봉단으로 파견하겠다는 것이다. 이거 봐, 이거 봐. 저수지 신령님이 움직이고 계시다니깐…. 드디어 복날인 7월 16일. 서울에서는 (꼴랑) 전문가 한 명이 벽화 자봉단 대표로 내려오고, 대전에서는 (무려) 자봉단 열세 명이 삼방리에 도착했다. 두둥…. 이제부터 무슨 일이 벌어질 것인가.

집주인은 농사철에나 가끔 들른다.
가사목 마을 입구의 이 집을
그냥 두고 어찌 벽화사업을 할 수
있으랴!

짜잔~ 요렇게 변했다.
애써 주신 모든 분들께 차렷! 경례!

짜잔~ 가사목에 요렇게 예쁜 벽
이 하나 더 탄생했다.
여기에는 해바라기가 따~악 어울
릴 것이다.

가사목 도로에서 보이는 박할머님 댁
블록 창고 위에 시멘트를 바르고 며칠 뒤 페인트를 칠했다.
공동체를 위해 함께 하는 노동은 잔치와 같다.

장녹골 노인회장님은 못하는 게 없는 팔방미인이시다.
가사목보다 조금 더 큰 윗마을 장녹골도 준비 완료!

서울에서 내려온 한 명의 전문가와 자봉 학생들

7월 16일. 드디어 벽화 그릴 전문가와 자봉단이 삼방리를 방문하는 날이다. 마을에서는 마침 복날이라고 닭 이십여 마리를 사다가 백숙을 준비했다. 부녀회장님, 용수 아저씨와 혼자 사는 노총각 꼬마아저씨가 닭을 손질하고 장작불을 땠다. 우리가 만든 앞치마를 입으셨고나야. 에헤라디여~!

먼저 도착한 학생과 교사 등 열세 명은 한의원으로 와서 손소독과 체온 측정을 마치고 거실에 둥그렇게 모여 앉았다. 나는 그들에게 청산은 1894 갑오년 동학농민혁명 당시 본부가 있던 곳이라는 것을 알려주고, 동학 요지인 '인내천(人乃天)'에 대해 간단히 설명했다. 벌써 120여 년 전에 그들은 가난하게 살면서도 생명이 있는 것이나 생명이 없는 것이나 모두 하늘을 품고 있는 소중한 존재라는 걸 알았다.

복날, 벽화자봉단을 맞기 위해 아침 일찍부터
부녀회장, 꼬마아저씨, 용수아저씨 등이 많은 닭을 씻고 불을 때느라 분주하다.

나도 소중하고 너도 소중하다. '귀한 우리 함께 잘 살자'는 생각은 그때나 지금이나 얼마나 고맙고 고마운가.

마을회관에서 보관 중이던 어르신들의 '나의 인생이야기' 코팅한 것과 마을잔치 할 때 걸어두었던 현수막을 펼쳐 보여주며 마을 주민들 삶이 오랫동안 얼마나 고단하게 이어졌는지 설명했다; "풍요로운 시대를 사는 당신들은 자식들에게 '꽁보리밥 벤또'를 싸 주고 나면 먹을 것이 없어 늘 허기가 져 있었다는 그들의 아픔을 이해할 수 있을 거나. 이제 행복마을사업을 통해 여러분 도움으로 그들이 남은 시간 동안 좀 더 밝고 환한 삶을 살 수 있게 될 것이니 정말 감사하다. 여러분은 천사다!"

장녹골 마을 구석구석을 한 바퀴 돌아본 학생들은 뒤에 도착한 벽화팀장과 함께 식탁에 앉아 닭 반 마리씩 들어 있는 국그릇을 받았다. 아암, 금강산도 식후경이지. 아침 일찍부터 장작불을 때 가며 이십여 마리의 닭을 삶아 주신 주민 여러분들 감사합니다아~.

곧바로 작업에 들어가야 할 터인데 모든 게 처음이니 전적으로 서울에서 내려온 한 팀장님에게 의지해야 했다. 한샘이 내가 프린트로 뽑아간 사진대로 분필로 회관 앞 벽에 동학도 그림을 스케치, 즉 밑그림 그리기를 하는 동안, 남은 인원은 할 일이 없어 지루해 했다. 이렇게 귀한 노동력(^^)을 놀려서야 쓰나. 한 팀장에게 필요한 재료와 도구들을 챙겨 가사목부터 작업을 시작하자고 제안하고 모두 차로 5분 거리에 있는 가사목으로 이동했다.

"한샘은 저쪽 담벼락에 해바라기를 시작해 주세요. 나는 이쪽에서 포도나무를 그리겠습니다."

분필로 준비 작업을 하는 동안 학생들은 마을 입구 팔각정에 올라가 할머니들과 안면을 텄다. 젊은이가 귀한 동네. 어르신들은 손주를 보듯 따듯하게 맞아주셨다.

페인트와 도구들은 열흘 전쯤에 서울의 벽화팀이 페인트 가게에 주문을 하고 내가 서울에 올라가 마을카드로 결재하고 물건을 받아왔다. 용처 모를 도구들이 있었는데 한샘이 하는 걸 보니 곧 이해가

자원봉사 학생들에게 갑오년 동학혁명 본부가 있었던 청산의 역사와 현재
이곳에 사는 주민의 팍팍했던 과거의 삶에 대해 이야기 했다.
덕분에 행복마을로 환해질 것이니 여러분은 천사다!

금강산도 식후경이라...
멀리서 오신 반가운 손님들이여. 양껏 드시라.

인원이 많을 때 일을 해야 하는데 바늘허리에 실을 묶어 쓸 수는 없는 일.
전문가가 벽에 본을 그리는 동안
학생들은 마을 입구 팔각정에서 할머니들과 수다 삼매경.

되었다. 페인트는 모두 수성으로 옷이나 몸에 묻어도 닦아내는 게 어렵지 않다. 색상은 흑, 백, 빨, 노, 초, 파 이렇게 여섯 가지만 있으면 무슨 색이든 만들어낼 수 있단다. 오호라! 빨강과 초록을 섞으니 밤색이 되는고나야~. 흰색, 노랑, 빨강 약간만 넣으면 살구색이 되고…. 이제 어떤 색이라도 다 만들 수가 있겠다. 에헤라디여~!

색상을 섞어 각자 작은 그릇에 담고 붓 하나씩 챙겨 미리 스케치한 벽에 그림을 그리니 뚝딱 멋진 그림이 있는 마을이 시작되었다.

날이 더웠지만 여력이 있는 친구들은 빈 집 흙벽이나 시멘트가 노출되어 보기 흉한 곳에도 페인트를 칠했다.

가사목 주민들이 시원한 수박과 콩국수를 마련해 주어서 배를 또 채웠다. 학생들은 정해진 시간 안에 숙소로 돌아가야 해서 4시경 아쉬움을 뒤로 하고 떠났다. 한샘도 장녹골에 돌아와 동학도 스케치만 마치고는 갈 길이 멀어 떠나야 했다. 이제 남은 건 모두 내가 책임을 져야 한다. 오늘 배울 건 다 배웠다. 한샘이 색분필 한 통도 내게 주고 갔으니 까짓것 쉬엄쉬엄 해 보지 뭐….

자봉단이 모두 떠난 뒤 나는 다시 혼자 가사목으로 가서 한샘이 스케치 해준 '의좋은 형제'를 조금 칠하다가 어두워져 집으로 돌아왔다. 그러고는 한동안 비가 와서 못 들여다봤는데 그동안 미완성인 이 칙칙한 밤의 풍경이 할머니들 심기를 불편하게 했던 모양이다. 비가 그치기를 기다려 며칠 후에 가사목에 갔다가 최고령자 왕언니에게 따끔한 야단을 맞았다.

"저걸 그림이라고 그리고 가?"

지금껏 보지 못한 노기 띤 얼굴이시다.

가사목을 덮은
어두운 분위기의 정체는?

가사목 초입 집 주인에게 벽에 어떤 그림을 그렸으면 좋겠는지 수차례 문자를 넣었는데 그냥 알아서 하라는 답변을 받았다. 기왕이면 생각할 거리가 담긴 그림이 좋겠지. 해서 "초등학교 시절에 배운 '의좋은 형제'를 그리자." 결정을 했다.

"한 마을에 형제가 살았다. 가을걷이가 끝나고 벼낟가리를 보면서 형은 생각했다. '동생이 새살림을 차렸으니 쌀이 더 필요할 거야.' 형은 볏단을 가져가 동생 논 낟가리에 보탰다. '형님은 식구가 많으니 쌀이 더 필요할 거야.' 동생 역시 식구가 늘어난 형님을 위해 볏단을 형 낟가리에 보탰다. 다음날 그들은 자기들의 낟가리가 변함없는 것을 보고 이상히 여기며 다시 볏단을 형님에, 동생에게 보탰다. 아침

회색빛 시멘트 블럭 벽이
환한 해바라기 밭으로 변신!

에 고개를 갸우뚱거리던 형제는 사흘째 되는 보름날, 각각 볏단을 지고 가다가 길에서 마주치고 나서야 연유를 알게 되었다. 형제는 부둥켜안고 고마움을 나누었다."

어떤 벽화를 그리고 싶은지 주민들에게 물었을 때 쟁기질 하는 소, 농악대 등의 의견이 나왔는데 그건 기회 있는 대로 그리기로 하고 우선 '의좋은 형제'를 선택한 데는 이유가 있었다.

3월 초쯤 가사목 노인회관에 목적 없이 잠시 들렀던 나는 왕언니 세 분이 격렬하게 언성을 높이고 있는 현장을 목격했다. 얼굴이 모두

문제의 벽에서 순식간에
보라색 포도송이가 영글었다.

붉으락푸르락 한 것이 저러다가 뇌혈관이라도 터져 중풍이 오면 어쩌나 싶어 급히 세 사람을 떼어놓았다. 싸움의 발단이 된 건 노인회장의 비민주적 운영 때문이었다(장녹골의 노인회장은 작년에 교체되었고 무탈하게 운영되고 있다).

면에서는 회관 청소비 명목으로 담당자에게 월 27만 원을 지급해왔다고 한다. 가사목 노인회장은 이런 수입이 되는 일자리를 공개적으로 처리하지 않고 아내에게 맡겼다. 나중에 이 사실을 알게 된 주민들은 분노했다.

"땅은 내 땅인데 벌어먹기는 왜 당신이 벌어먹어?"

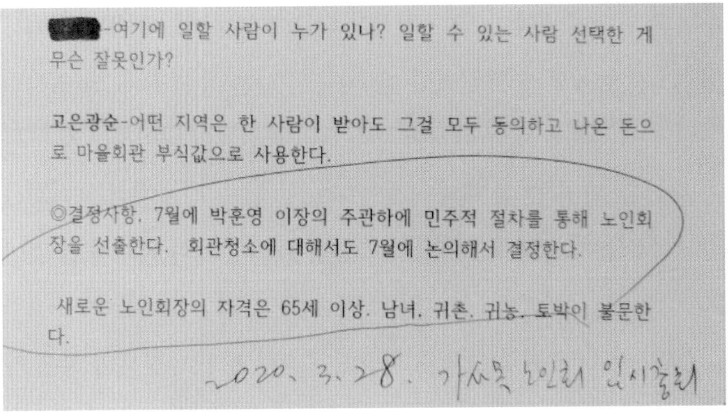

-여기에 일할 사람이 누가 있나? 일할 수 있는 사람 선택한 게 무슨 잘못인가?

고은광순-어떤 지역은 한 사람이 받아도 그걸 모두 동의하고 나온 돈으로 마을회관 부식값으로 사용한다.

◎결정사항. 7월에 박훈영 이장의 주관하에 민주적 절차를 통해 노인회장을 선출한다. 회관청소에 대해서도 7월에 논의해서 결정한다.

새로운 노인회장의 자격은 65세 이상. 남녀. 귀촌. 귀농. 토박이 불문한다.

2020. 3. 28. 가사목 노인회 임시총회

가사목 3월 임시총회 결정사항.
이렇게 회의록이 시퍼렇게 살아있는데 딴소리들 하시면 아니되시옵니다!

"당신이 뭔데 회관 일에 간섭해?"

이게 그날 싸움 줄거리였다. 현금 보기가 힘든 시골에서 월 27만 원이면 적은 돈이 아니다. 다른 마을에서는 청소는 돌아가며 하고 지불금은 민주적으로 의견 수렴해서 회관 점심 반찬값으로 쓰는 등 공동생활에 보태기도 한단다. 그간 노인회장의 가부장적이고 비민주적 운영방식에 대해 주민들 불만이 쌓였던 터라 이 문제가 분노를 촉발시킨 것이다.

18년 전 문을 연 이래 가사목의 노인회관은 법적으로 등록을 하지 못했다. 땅 임자가 땅을 노인회에 팔지 않고 그냥 빌려주었고, 건물은 십시일반 주민들이 모아 세웠기 때문에 사용에는 문제가 없어도 법적으로 등록할 수는 없었던 것. 싸움이 있은 지 며칠 후 땅 임자의 성년이 된 자식들은 '우리 땅에서 시끄러운 일들이 벌어지는 것을 원치 않는다.'며 회관 앞에 바리게이트를 쳐 놓았다. 군청에 노인회관 철거신청을 해 놓았다는 이야기도 들렸다. 사달이 나도 크게 난 것이다.

주민들은 노인회장 교체를 희망했다. 3월 28일 이장 주도하에 가사목 임시총회를 소집했다. 노인회장은 자기 임기가 7월 말이면 끝난다고 밝혔다. 대체 노인회장 임기가 언제 시작해서 언제 끝나고 어떤 절차로 이어져 왔는지 서로 모른 채로 지내 왔던 가사목 주민들은, 그렇다면 몇 달을 더 참고 임기가 끝나기 전인 7월 중에 다시 이장의 사회로 임시총회를 열어 노인회장을 선출하기로 했다. 후보는 65세 이상, 남녀불문, 귀촌 귀농 원주민 불문. 이 모든 사실은 서기 임은상 씨가 회의록에 적어 두었다.

그런데 땅 주인 아들은 분노가 풀리지 않았는지 7월까지 기다리지 못하고 농기구 따위로 바리게이트를 쳤던 것을 치우고 상당한 금액을 들여 높은 철책 울타리를 쳐버린 것이다.

총회를 열려면 사전에 주민들에게 고지해야 하는 건 당연한 일. 7월 초, 단체 카톡방과 밴드에서 논의한 후 임시총회 일정을 포함한 행복마을 프로그램 일정을 프린터로 뽑아 양쪽 동네회관 벽에 붙여 두었다.

그러자 묘한 소문이 돌았다. "'한의원 원장(나를 말한다)'이 마음대로 남의 동네 총회를 열고 노인회장을 갈아치우려 한다."는 것이다. 그런 소리 전하는 사람에게 3월 임시총회 회의록을 뽑아 눈앞에 보여주었다. "내가 총회를 여는 게 아니고 3월에 이장 주도하의 임시총회에서 결정한 것이다. 노인회장은 주민들이 뽑는 것이고 나는 투표권이 없다."

카톡이나 밴드를 즐겨 하지 않는 이장은 3월 임시총회의 결정사항을 몇 달이 지났는데 어찌 기억하냐며 가사목 임시총회 직전 서울로

3월 임시총회 이후, 땅 임자 아들은 바리게이트를 치우고
큰돈을 들여 높은 울타리를 세웠다.

올라가 버렸다. 다행히 하루 전날 전차회의록을 이장에게 가져가 따진 뒤, 12일의 임시총회 사회권을 위임받았다. 처음으로 이장에게 언성 높이고 대든 그 자리에서 이장은 가사목 노인회장에게 전화를 걸어 한의원 원장에게 총회 사회권을 위임한다고 말했다. 가사목의 주민들은 벌써부터 노인회장의 교체 필요성을 하소연해 왔고 3월 이후 몇 달간 이날을 고대해 오지 않았던가 말이다.

드디어 7월 12일 임시총회일. 가사목 노인회관에는 긴장감이 감돌았다. 불참하게 된 이장 대신 사회권을 위임받았다는 것을 알리며 내가 개회를 선언했다. 행복마을 총무 임은상 씨가 서기를 맡고 3월의

●**삼방리 행복마을 만들기 '씨앗' 전체주민 설명회**(마스크 꼭!)
7월 2일(목) 11시 삼방리 마을회관(앞)
7월 21일(화) 10시 삼방리 마을회관(앞)
◎**기타일정**
7일(화)-장녹골 시멘트 바르기(벽화준비)
12일(일)-오전 장녹골 페인트 바르기
2시 가사목 임시총회(노인회장 선출 등)
7월 8일(수)-장녹골, 가사목 1차 요가 수업
7월 22일(수)-2차 요가수업
8월 5일(수)-3차 요가수업
8월 19일(수)-4차 요가수업
9월 경연전 -5차 요가수업(총 연습)

밴드와 단톡방에 의견을 물어 12일 가사목 임시총회를 하기로 하고 공지문을 붙였다. 이걸 '외지에서 온 여자가 자기 맘대로 총회를 열고 남의 동네 일을 쥐고 흔든다'고 말하면 아니되시옵니다!

회의록 결정문을 낭독했다.

"7월에 박이장의 주관 하에 민주적 절차를 통해 노인회장을 선출한다. 새로운 노인회장의 자격은 65세 이상, 남녀, 귀촌, 귀농, 토박이 불문한다!" (이 회의록이 없었다면 덤터기 쓸 뻔했다. 회의록 꼬박꼬박 챙깁시다!)

세 명이 노인회장 후보로 추천되었다. 불참 후보와 사양하는 후보를 제외하고 한 사람이 남았다. 자연스럽게 그가 박수를 받으며 차기 노인회장으로 추대되었다. 부산에서 청소년시절을 보낸 뒤 오랫동안 미국에서 생활했고, 귀국 후 청산에 왔다가 한눈에 반해 귀촌을 결심했던 분이다.

민주적인 절차로 교통정리를 했을 뿐이지만 얼마 후 "외지에서 들어온 여자가 남의 동네 대표를 자기 마음대로 갈아치웠다."는 이야기가 다시 들려왔다. 소문의 진원지가 어디인지 짐작되는 바이지만 신경 쓰지 않았다. 남의 동네라니? 이건 우리 동네다! 자기 마음대로 갈아치워? 천만에. 이전 임시총회 결정대로 회의가 열렸고 나는 그저 사회 보며 주민들 뜻을 모았을 뿐이다.

언제 왔다가 언제 갈지 모르는 묵은 권력을 바꾸는 일은 쉽지 않다. 스스로 내려놓지 않을 것이라 생각하기에 주민들은 그것을 넘사벽으로 여긴 채 어디서 실마리를 풀어야 할지 몰라 힘들어했다. 그러나 마을회관 앞에 높은 울타리가 세워져서야 행복마을로 갈 수는 없

12일 가사목 임시총회.
시작 전부터 잿빛 긴장감이 감돌았다.

는 일. 행복마을만들기 사업이 그 첫 실마리를 풀어준 셈이다.

권력을 강탈당했다고 생각한다면 당사자는 분노로 괴로울 수 있겠다. 그 때문에 또 다른 시끄러움이 생길 수도 있을 것이다. 오래지 않아 그 분노가 누그러지기를 희망한다. 깨물어 아프지 않은 손가락이 어디 있으랴. 행복마을에서는 누구도 소외시키지 않고 함께 갈 것이다. 그것을 그들이 믿어주기 바랄 뿐이다.

행복마을 초기, 벽화를 그리기로 결정했을 때부터 '의좋은 형제'가 1순위로 내 마음에 떠올랐던 것은 가사목에서 봄부터 위와 같은 일들이 벌어지고 있었기 때문이다. 그러나 삼방리의 '의좋은 형제' 그림은 동화책 그대로는 아니어야 할 것이다.

삼방리의
'의좋은 형제'는 다르다

세상에 이렇게도 긴 장마는 처음이다. 비가 그쳤다 싶으면 얼른 나가 (장녹골) 벽에 그림을 그렸다. 7월 16일. 처음 벽화그리기로 한 날 자봉단이 왔다 갔을 때 장녹골 왕언니들은 단단히 화가 났었다.

"아니, 학생들이 벌써 갔단 말여? 백숙은 이 동네(장녹골)서 먹고 그림은 가사목에서만 그리고 가?"

"아이고…. 가사목은 우선 쉬운 그림부터 그릴 수 있어서 거기부터 갔던 거유. 거기는 벽이 널찍하고 요기는 벽이 좁잖어유. 사람 많을 때 넓은 바닥부터 그려야지 그럼 워뜨케유. 안 그래유? 좀 봐주시라니께…."

머리를 조아리며 양해를 구하고, 틈 나는 대로 장녹골 벽에 그림을 그리다가 며칠 만에 가사목에 갔더니 이번에는 가사목 왕언니가 "그

걸 그림이라고 그리고 갔냐?"고 그렇게 노기를 띠고 나무라시던 것이다.

누구는 벽에 그려진 사람 때문에 지나다가 깜짝 놀랐다며 역시 비호감을 드러냈다. 그림 내용을 설명하며 밤풍경이고 아직 미완성이라고 설명했지만 백약이 무효다. 빨리 왼쪽 절반에 환한 연꽃을 그리자.

조용하고 참한 이은옥 할머님. 어두운 밤 풍경에 대한 성토가 터질 때 묵묵하게 앉아 계시더니 내가 연꽃을 그리기 시작하니 도울 게 있겠냐며 붓을 들으셨다.

밤풍경에 노했던 왕언니(늠름한 기상으로 평소에 내가 존경해 마지않던)도, 회관 앞집 왕언니도 옆에서 지켜보다가 붓을 들고 연꽃잎을 칠해주셨다. 에헤라디여~ 이들의 노력을 후세의 사람들은 꼭 기억해 주시라! 그림 옆에 세 분의 이름을 적어 놓았다.

왕언니들이 연꽃그리기 삼매에 빠져 있을 때 나는 얼른 어두운 밤 풍경을 바꿔야 한닷! 형제 옆에 여인들을 그려 넣었다. 이은옥할머님 시집오시기 전에 홀어머니는 누에를 길러 실을 뽑아 염색을 하고 그렇게 만든 명주로 세 딸에게 다홍치마에 노랑저고리 만들어 입히셨단다. 그럼 벽의 여자 옷도 그렇게 입혀야지. 암만….

분홍 꽃잎을 다 칠하고 형제 그림 앞으로 오신 왕언니들에게 그림

문제의 초기 형제.
미완성인 이 그림이 할머님들 부아를 돋웠던 모양이다.

에 대해 설명했다.

"남자들만 착하고 의리 있으란 법 있나유? 여기 있는 사람들은 형제 마누라일 수도 있고, 자매들 남편일 수도 있고, 남매 배우자일 수도 있고 그냥 이웃일 수도 있어유!"

"그라지. 그라믄 그거를 옆팅이에다 글로 적어놔. 지나가는 사람들도 알아차리게."

"네압!"

"가을이니 코스모스도 있으면 좋을텐데…."

"네압!"

얌전하고 속이 깊으신 이은옥 할머니. 8년 전 이사왔을 때
제일 먼저 환영한다고 전화주셨던 분. 도와주겠다며 붓을 드셨다.

옆에서 지켜보던 왕언니들이 하나 둘 붓을 드셨다.
에헤라디여~

짜잔~ 약간의 덧칠로 완성된 가사목 연꽃.
소리에 놀라지 않는 사자처럼, 그물에 걸리지 않는 바람처럼,
진흙에 더럽혀지지 않는 연꽃처럼 그렇게 잘 살아가자고요~

벽의 구멍이나 창문 등을 이용해 그림을 그려보라는 씨앗 장부장님 조언대로 꼭대기 환기 구멍 옆에는 무얼 그릴까 하다가 깊은 산 웃는 호랑이를 그려 넣었다.

"너희들의 마음씀씀이가 아름답구나. 어하하하하홍~!"

이야기로 그림을 만들기만 하는 건 아니다. 그림이 다시 이야기를 낳는 것도 다반사로 일어난다. 포도넝쿨 그림을 그리자 왕언니들이

달밤에 만난 네 사람. 형제와 배우자, 남매와 배우자, 자매와 배우자,
그냥 이웃일 수도 있는 관계다. 깊은 산에서 내려다보는 건 누구?

또 다시 거들고 나섰다.

"포도낭구만 있으니께 싱거워. 따 먹는 사람도 이씨야지. 그 옆팅이에 한 사람쯤 더 그려도 좋을껴."

"네압!"

양기훈씨가 지나가다가 묻는다.

"저 아이가 누구여?"

능치며 대답한다.

왕언니들은 이런 저런 관계일 수 있다는 걸
글로 분명하게 적으라 분부하시었다.

"사이좋게 사는 모습이 보기 좋구나
어하하하하흥~"

왕언니들은 포도나무만 있으니 허전하다고
두 명쯤 더 넣으라 분부하시었다.

"양샘, 어렸을 적 아녀유?"

왕언니들이 팔각정에 앉아 저 그림 속 꼬부랑 할머니가 누구냐고 실랑이를 하다가 가위바위보를 했다.

"아이구 좋아~!"

박할머니가 웃음보를 터트리셨다.

저 분홍 옷을 입은 할머니는 박영화 님이다!

삼방리 왕언니들 이야기

: 75세 이상 인터뷰 중에서

이용금(본명 김홍분, 1926년 범띠, 95세, 강산 자골 출생)

언니가 있었는데 나 어려서 가마 타고 시집갔다. 작아서 가마 천정에도 안 닿았다. 남자 형제가 하나 살아 있는데 그 뒤로 만난 적도 없다.

열아홉 살 때 공장에 다녔는데 아버지가 얼른 오라해서 가니까, 아는 아줌마가 기다리고 있었다. 아줌마가 천렵 가자고 해서 입은 채로 따라온 곳이 여기 가사목이다. 나중에 알고 보니 정신대 뽑던 시절에 피신시키듯 시집을 보낸 것이다.

22살 더 먹은 남자(설삼봉)의 네 번째인가 다섯 번째인가 아내가 되었다. 본댁(이용금, 1904년생)이 아이를 못 낳았는데 나는 윤자, 오목, 영성, 영곤, 영만, 영덕 6남매를 낳았다. 남편은 집에 잘 안 붙어 있었는데 밥은 굶지 않고 살았다. 큰형님(이용금)이 아이들을 예뻐하며 키워 주었다. 큰형님은 70세 무렵에 사망하고, 남편은 막내가 중학 다닐 무렵 사망했다. 서울 사는 큰아들이 제사 지내고 있다.

큰형님과는 한 남편을 두고 (베개동서, 외동서) 살았지만 서로 위하고 싸워 본 적이 없다. 큰형님의 친정에 가도 나는 '언니' 소리 듣고 대접 받았다.

큰아들이 스무 살 넘어 트럭 운전하다가 죽었다. 큰형님, 남편 죽은 뒤에는 아이들을 혼자 키웠다. 큰형님 사망 시 뭐가 어떻게 잘못되었는지 김홍분이 지워져 나는 큰형님인 이용금으로 살고 있다. 그래서 호적상 115세가 되었는데 지금 굳이 바꾸고 싶은 생각은 없다. 바라는 건 자식들 건강하고 저녁 잘 먹고 아프지 말다가 가는 것이다. 요즘 다리가 부러져 두 번 수술 받고 보니 죽는 게 두렵다.

이은옥(1932년 12월, 원숭이띠, 청산면 목동이 고향)

초등(국민)학교 5학년까지 일본말을 배웠고, 해방이 되어 한국말은 1년 배웠다. 어머니는 딸만 셋을 낳고 수절하신 분이다. 1950년 전쟁이 나자 목동, 목골에 폭격이 있었다. 언니는 결혼한 지 얼마 안 되었지만 인민군이 여성동맹 가입하라는 등 난리 바람에 어머니는 열아홉 살인 나를 피난 보따리 싸듯 챙겨서 가사목으로 시집을 보내셨다. 남편은 세 살 많은 스물두 살. 저녁에는 초도 없을 때라 소나무 송진으로 호롱불을 켜고, 폭격이 두려워 이불로 창문을 가렸다. 시부모는 6남매를 두었는데 8월에 시집오니 6월에 낳은 시동생이 있더라.

먹을 게 없어 남편이 남의 집 일을 했다. 1년에 선 새경으로 6가마를 받았다.(뒤에 받으면 7가마지만 당장 먹을 게 없으니 선 새경을 받았다.) 3년 머슴을 살아도 밥도 제대로 못 먹었다. 나물 뜯어다가 멀겋게 죽을 쒀 먹느라 늘 배가 고팠다. 아이가 안 생겨 7년 만인 스물여섯에 낳았지만 기쁘다는 생각도 못하고 뭘 먹여 키우고 가르치나 하는 걱정뿐이었다. 양기환, 기현, 미숙, 희형, 기홍 5남매를 낳았다. 집안에 16명이 군대 갔다 왔다.

시계가 없어 새벽별 보고 보리밥 해서 깻잎 장아찌로 도시락 싸 주었다. 달걀 하나 제대로 먹이지 못하고 키웠다. 아이가 몰래 달걀을 가져다 먹었는데, 껍질을 가져오라며 야단쳤다. 달걀 하나도 마음대로 못 먹인 게 늘 한이 된다. 산에 가서 칡넝쿨을 베어다 삶아서 껍질을 벗겨(칠거지) 말린 거 1관을 팔아 저울눈도 보고 돈 계산도 하며 돈을 벌었다. 담배, 인삼, 고추 농사 지어 땅 사고, 통일벼 나온 후에 형편이 좀 나아졌다. 쌀 소출이 늘어나니 춤추고 싶더라.

돌아보면 아이들 키우던 때가 재미있었다. 먹을 것이 부족해 늘 슬펐다. 이제 걱정 없는데 늙었으니 억울하다. 앞으로 내 몸, 자식들 몸 건강하면 그만이다.

조상분(1941년 뱀띠 충북 황간 상춘에서 출생)

스 무살 되던 해 1월 21일에 중신아비를 따라 버스 타고 청산에 내려 나무 두 개 놓은 다리 건너서 시집이라고 오니, 초가집이더라. 집에는 시어머니와 시동생, 큰 시숙이 남기고 간 조카딸이 있었다. 시집을 오니 쌀이 조금 있어 밥 해 먹고 나니 그다음은 아무것도 없더라. 장가간다고 빌린 쌀이 얼마 후에 다 떨어진 것이다. 꺾어 말린 고사리를 한 가마 반을 해다가 팔고 칡넝쿨을 삶아 칠거지 벗겨 팔고 악착같이 하니 장리쌀(빚쌀) 안 먹게 되더라.

잔대(사삼) 캐다가 금산 가서 하루 자고 아침 일찍 팔아 한 동네에서 같이 간 이은옥과 국수를 사 먹었다. 국수 한 그릇을 시켜 나눠먹었는데 이은옥이 국수를 내게 다 주고 국물만 먹었던 것이 평생 미안했다. 시장에서 번 돈으로 보리, 쌀, 국수를 사다가 먹었다.

호랑이 시어머니는 화나면 사나흘 말을 안 해 무조건 잘못을 빌어야 했다. 3남 1녀를 낳았는데 시어머니가 아이들을 봐 주셔서 들로 산으로 다닐 수 있었다. 첫 아이 낳고 시어머니가 묽은 호박죽, 보리죽을 주셨는데 냄새 때문에 먹을 수가 없더라. 지금도 보리밥은 먹기 싫다. 시집와서 매일 베개 적시며 울었다. 도망가려고 집을 나섰는데 시어머니가 뒤쫓아 나와 잡으셨다.

큰아이 낳고 돌 지나 친정어머니 초상이 났는데, 시어머니가 무당에게 가도 좋은지 물어보자며 데리고 갔다. 무당이 못 가게 해서 어머니 장례에도 못 갔다. 1년 제사 때 친정 가니 오빠가 장례에도 안 왔다며 내쫓더라.

담배, 쌀, 고추 따위를 농사지었는데, 고추가 제일 낫더라. 지금은 힘이 들어 먹는 것만 조금 농사짓는다. 마을에서 화목하게 지내면 좋겠다.

이복순(1941년 12월, 뱀띠, 79세. 수년 전부터 치매가 옴)

한 살 위 남편 양기봉과 결혼. 30여 년을 살다가 남편이 58세에 사망, 혼자 22년째 살고 있다. 덕현, 창현, 연숙 등 2남 1녀를 낳았다. 75세 무렵 치매가 시작되었다. 대전 등에서 남편 그늘 밑에 살다가 남편 사망 후 남편 고향 청산에 돌아왔다.

"누구셔?"

-한의원이요. 삼방리 장녹골 쪽에.

"에?"

-웃어 보셔요. 사진 찍게요. (다른 분들 사진을 보여드렸다.)

"(초코파이 내밀며) 이거 먹어. 우리 집으로 가." (팔을 잡아끌고 집 안으로 안내하신다.) "밥 먹었어? 밥 있어. 밥 먹어."

-먹고 왔어요.

"달걀 삶아 줄까? 사과 줄까?" (냉장고에서 사과를 꺼내셨다.)

-(사과 반쪽을 잘라 깎으며) 사과 드세요.

"사과 못 먹어. 이 아파." (반쪽을 숟가락으로 긁어 그릇에 담아 드렸다.)

"사과 맛있다. 밥 먹었어? 밥 먹어."

-먹고 왔어요.

"어디서 먹었어?"

-집에서 먹었어요.

"밥 먹어. 밥 있어."

-안 먹어도 돼요.

"여기 밥통에 밥 있어."

-네. 먹고 왔어요. 이제 갈게요.

"언제 또 와?"

-네. 곧 와요.

"조심해서 가."

(햇볕이 잘 들어 따듯한 마을회관은 코로나 때문에 폐쇄되었다. 할머니 집 안은 써늘했다.)

김정자(1942년 2월 7일(음) 임오년 말띠, 79세, 장녹골)

경북 상주 모서면 석산19에서 김현팔, 진옥순의 4남매 중 막내 로 성장했다. 어머니는 일찍 사망하셨다. 아홉 살 때부터 6.25전쟁을 경험했다. 위로 언니, 오빠들은 많이 배웠지만 막내인 나는 1학년 책 받고 전쟁이 났다. 고생하며 살다가 열아홉 살에 4명이 드는 가마 타

해바라기는 그리기 쉽다.
동네를 삽시간에 환하게 하는 일등공신이다.
벽화자봉팀이 가사목에만 그림을 그리고 돌아가자
장녹골 주민들은 스스로 분발하여 해바라기를 그렸다.

고 날씨가 봄날같이 좋은 선달 스무하루에 청산으로 와 한 살 위인 박태호와 혼인했다. 남편은 첫아들 돌 전에 군대 가서 휴가 두 번 오고 3년 채우고 돌아왔다. 7촌 아저씨 똥오줌을 받아냈다.

4남 1녀(종현, 종묵, 정혜, 상희, 종민)를 낳았고 손녀 10명, 손자 2명이 태어났다. 어린 나이에 빚 많은 집으로 시집와 달 보고 울고 별 보고 울었다. 하서리에 친정이 있는 시할머니 김씨가 아이들을 키워주셔서 참 고맙다. 처음에는 장리쌀(빌린 쌀)로 밥 해 먹다가 담배농사, 인삼농사, 노나먹이(소작) 등 닥치는 대로 해서 돈을 장롱 속에 감춰 가며 모았다. 악착같이 일한 덕분에 살림이 많이 늘게 되었다.

영감 환갑 때 관광차 불러 언니 올케 조카까지 20만 원씩 주어 한복 해 입고 잔치한 것이 기쁜 일로 떠오르고, 아들 딸 결혼에 관광차 불러 잔치를 했을 때가 좋았다. 내 생전에 아들 딸 손주들 건강하고 무탈하기만을 바란다. 오늘 죽어도 한이 없다.

벽화자봉팀이 가사목에만 그림을 그리고 떠난 것을 알고서 장녹골에서는 볼멘소리가 터져 나왔다. 얼른 벽에 해바라기를 분필로 그리고 물감을 덜어드렸더니 재미있다며 웃음꽃이 폈다. 삽시간에 화가들이 되셨다.

동학도들이 살아나고

왕언니 이야기를 듣다 보니 내 이야기도 안 할 수가 없다. 2남 4녀. 지금처럼 초음파기계가 있었다면 나는 태어나지 못했을 넷째 딸. 오빠는 김치를 먹지 않았다. 달걀 프라이, 김, 멸치볶음, 콩나물무침이 오빠의 기본 반찬. 오빠를 위해 딸들은 늘 콩나물 꼬리를 따고 머리 껍질을 벗겼다. 오빠는 바삭하게 볶은 멸치를 좋아해서 딸들은 멸치 대가리를 떼어내고 등덜미 쪽을 손톱으로 쪼개어 반을 가르고 내장과 가시를 발라냈다. (손톱이 아파 손가락을 쥐고 고통스러워했던 경험들 때문에 결혼 후 나는 머리를 뗄 필요가 없는 잔멸치만 사 먹는다.)

대학을 가서 사회학을 전공했는데, 당시 박정희 군사정권은 독재에 저항하는 어떠한 작은 움직임도 허용하지 않았다. 유인물 한 장을 후배에게 전했다는 등의 이유로 구속과 제적을 몇 차례 당한 나는,

서울서 온 벽화팀장님이 스케치 해준 곳에
흰색 페인트를 칠하니 동학도들이 스멀스멀 드러났다.

한의학을 다시 공부해 한의사가 되었다. 수십 년간 지속되는 한국 사회의 고질병인 아들 선호는 남자만 씨앗을 생산한다는 '무식'이 법의 근간에 깔려 있기 때문에 지속된 것이다. 한의사가 된 후 환자들을 통해 여전한 아들 밝힘증을 경험하면서 근본적인 문제해결을 위해 호주제폐지운동을 시작했다.

1999년부터 2005년까지 호주제폐지 운동을 하는 동안 내 어렸을 때 내재된 분노가 성차별 없는 세상을 만드는 귀한 밑거름이 되고 있음을 알았다. 그 가운데 알게 된 동학의 평등사상, 생명존중사상은 남성 중심적이고 가부장적인 한국사회의 한계를 훌쩍 뛰어넘는 고

눈코입을 그려 넣고 횃불도 그렸다.
촛불시민의 원조가 바로 당신들이었고나야!

품격의 철학이었다. 여자, 아이들도 하늘이라고 여겼던 동학도들. 그들은 생명이 있는 것이나 없는 것이나 모두 하늘의 성품을 품고 있는 귀한 존재라는 것을 알았다.

그런데 귀한 인연으로 만난 명상 스승이 명상공동체마을을 만들어 보라고 안내해주신 청산이 갑오년 동학농민혁명 본부가 있었던 곳이라니…. 스승의 외할머니는 동학접주였던 남편의 아름답고도 훌륭한 이야기들을 외손주에게 반복적으로 되뇌어주셨다고 했다. 청산에서 태어난 〈짝자꿍〉 동요의 작곡가 정순철 역시 해월 최시형 외손주. 성차별의 큰 원인이었던 부계 혈통제에 대해 호주제폐

컨설팅회사 씨앗은 리더들 교육, 선진지견학 안내 외에도
4차에 걸쳐 전체 주민교육을 시행한다.
마을의 자산, 동네의 장단점과 기회, 앞으로 필요한 변화 등을
함께 이야기하고 이루어지지 않을 것 같지만 희망을 꿈꾼다.

지운동으로 문제제기를 하고 있던 나. 부계혈통제가 하찮게 여기는 외(外)가 인연들이 인생 후반기에 접어든 나를 새로운 길로 이끌었다. 도종환 씨가 보내준 『정순철평전』을 받은 후, 거기에 영감을 얻어 팀작업을 통해 '여성동학다큐소설'을 13권으로 출간했고 그 작업으로 인해 평화운동을 지금까지 가열차게 하게 되었으니, 참으로 인연이란 묘한 것이다.

청산의 동학은 내 삶뿐만 아니라 가부장적 위계문화, 수직구조를 벗어나 차별 없고 생명을 중시하는 고품격의 새로운 한반도를 일구는 데 큰 기여를 하게 될 것이다. 그래. 벽화에 동학이 빠질 수 없지. 자봉으로 왔던 한 팀장에게 동학혁명군 스케치를 부탁했다. 하얀색으로 옷을 입히니 하나 둘 스멀스멀 살아나고…. 눈코입도 그려 넣고 횃불도 그려 넣으니 그럴듯한 동학혁명군 한 무리가 살아났다. 그 옆에 동학노래 가사도 적어 넣었다.

"내 안에 하늘 있어요. 당신께도 있지요. 가슴에 항상 새겨요. 때가 왔어요 개벽~! 손에 손 잡고 함께 나눠요. 인내천 아아아아아 이이이~."

동학도들이여, 당신들을 과거에 묻어놓지 않겠습니다. 당신들과 함께 모든 종류의 차별을 거부했던 고품격 동학사상을 한반도에 널리 확산시키는 또 하나의 거점으로 청산을 키워보렵니다.

앞으로 이 마을에 필요한 건 무언가?
공동식당과 마을요양소가 있으면 좋겠다.
마지막 날까지 동네에서 함께 지낼 수 있게.

컨설팅 회사 '씨앗'은 리더들 교육, 선진지 견학 안내 외에도 4차에 걸쳐 전체 주민교육을 시행한다. 마을의 자산, 마을의 장단점과 기회, 앞으로 필요한 변화 등등에 대해 주민들의 생각을 꺼내도록 돕는다. 주민들 역량 강화를 위해 정말 필요한 외부 도움이다. 행복마을 만들기 사업을 몰랐더라면, 그들 도움을 받지 않았더라면 주민들은 다람쥐 쳇바퀴 돌듯이 자기만의 일상에 파묻혀 별로 변화 없는 삶을 살터인데 말이다. 감사할 따름이다.

삼방리의
'딸 천사'도 달라졌다

처음 받은 시멘트지정 후원금은 가사목에 다 써버리고, 장녹골 쪽은 김정자 님의 막내아들 박종민 님 지정후원금으로 시멘트를 마련했다. 같은 분량 시멘트를 샀는데 막상 살펴보니 장녹골 쪽은 보수할 곳이 마을회관 앞 빈집 외엔 별로 없다. 저 집에서 나오는 하얀 하수관. 저것을 이용해 무얼 그릴 수 있을까?

삼방리에는 이전에 언급한 대로 두 개(차로 5분 거리의 장녹골과 가사목)의 마을이 있다. 이장은 한 명이지만 노인회장은 두 명. 회관도 두 개. 초기에 장녹골 쪽 어떤 주민은 가사목을 끼고 마을사업을 하면 1차, 2차는 몰라도 더 이상은 절대로 진행하지 못할 것이라고 장담을 했다. 거리상으로 많이 떨어져 있어 이질감도 많은데, 사업이 커지고 복잡해질수록 함께 하는 건 무리라는 것이다. 일상에서 마주하는 시

마을회관 앞 빈 집.
재주가 많은 팔방미인 장녹골 노인회장님이 시멘트로 수리를 해 주셨다.
저 하얀 하수 파이프를 이용해 그림을 그려 보자!

딸 천사는 엄마에게 많이 구해오시라
소리치고 눈치 빠른 엄마는…

간이 적으니 이질감이 느껴질 만도 하다. 처음에는 나도 비슷한 생각을 했다. 그러나 사업을 진행하다 보니 함께 가는 건 모험이지만 해야만 할 일이라는 생각이 들었다. 더구나 함께 시작했다가 중간에 제외시킨다는 건 빠진 쪽 입장에서는 크게 서운하고 분노할 일이다.

귀농귀촌한 사람들에게는 낯설지 몰라도 이곳에서 태어나고 자란 사람들은 어머니, 아버지, 형, 누나, 동생…. 서로서로 빠삭하게 속속들이 알면서 수십 년을 지내 왔다. 여름이면 윗옷 벗고 구호물자 담았던 자루를 잘라 만든 바지를 입고 개울 건너 같은 학교를 다녔다. 그들에겐 수십 년간 쌓아 온 묵은 추억이 있다.

"어버이날 우리 마을에서 돈이 더 걷혔는데, 그 돈을 왜 저쪽 마을하고 함께 쓰냐?"

"왜 공금으로(또는 이쪽 마을 돈으로) 저쪽 필요한 물건을 사나?"

이건 얼핏 야무진 계산인 듯 보이지만 더 넓은 공간에서 더 자유로운 공동체의 행복을 누리기 위해서는 도움이 되지 않는 알뜰함이다. 마을 돈이 없어 기회가 있을 때마다 모아야 한다며 초상난 집에 가서 50만 원씩 받아오는 걸 관례처럼 하고 있는 것도 마찬가지다. 슬픔이 가득하고 경황이 없는 집에 가서 적지 않은 돈을 세금처럼 받아 오는 게 어찌 마을을 위하는 길이 될 것인가.

유무상자(有無相資)는 동학의 핵심 사상의 하나로, 있으나 없으나 서로 돕는다는 뜻이다. 지식이 있는 자는 지식으로, 힘이 있는 자는 힘으로, 재산이 있는 자는 재산으로 서로 돕는다는 협동정신 때문에 흉년이 들어도, 역병이 휩쓸어도 동학도들의 얼굴에서는 빛이 난다고 했단다. 70년 원수로 살았던 남북도 언젠가는 벽을 허물고 함께 살게 될 날이 있을 터, 미리미리 훈련이 필요한 우리들이다. 그건, 그렇고, 이런 걸 언제 찬찬히 설명한담?

옳거니, 넓지 않은 공간이지만 저 하얀 하수도를 중심으로 엄마와 딸 천사의 이야기를 그려야겠다! 초등학교 교과서에 실려 있어 읽는 순간 나의 가슴을 철렁하게 했던 그 이야기. 60년이 다 되어 가는데도 내 가슴 깊은 곳에 아프게 남아 있는 그 이야기.

"한 모녀가 살았습니다. 엄마는 나쁜 짓을 많이 했는지 죽어 지옥에 떨어지고, 딸은 착한 일을 많이 했는지 후에 죽어 천당에 갔습니다. 딸은 천당에서도 늘 슬퍼 눈물을 흘렸습니다. 하나님이 이유를 묻자 딸은 지옥의 엄마 때문이라고 답했습니다. 하나님은 큰 천사를 불러 딸의 엄마를 지옥에서 데려오라고 말했습니다. 큰 천사는 힘차게 지옥으로 날아가 엄마를 발견하고 천당으로 가자고 말했습니다. 엄마는 천사의 발을 잡았습니다. 옆에 있던 사람들이 이를 보고 줄줄이 매달렸습니다. 많이 매달리면 천사가 힘들어져 자기도 떨어뜨릴까봐 엄마는 걱정이 되었습니다. 엄마는 발을 흔들어 사람들을 뿌리쳤습니다. 사람들이 하나둘 떨어져 나갈 때마다 이상하게도 큰 천사

날개에도 힘이 빠져나갔습니다. 결국 큰 천사는 엄마를 구하지 못하고 혼자 천당으로 돌아왔습니다."

그 가슴 아픈 이야기를 그리자. 그러나 다르게 그리자. 어차피 창작한 이야기, 또 창작하면 어떠랴. 삼방리 장녹골 딸 천사는 어머니에게 사람을 많이 구해 오라고 소리친다. 엄마는 재빨리 눈치를 채고 많은 사람을 그대로 매단 채로 신이 나서 나팔을 부는 큰 천사를 따라 천당으로 온다. 하나님과 대천사는 야무지고 이기적인 마음보다 넉넉하게 포용하고 더불어 함께 살려고 하는 마음을 더 좋아하신다. 혼자 빨리 가는 당신보다 함께 손잡고 멀리 가는 당신들이 아름답다.

코로나로 회관이 닫혀 있으니 옆의 팔각정에서 틈틈이 동양화 공부를 하시는 왕언니들 중에 똑순이 김정자 할머니에게 숙제를 내어 주었다.

"사람들이 이 그림에 대해 물으면 할머니가 책임지고 설명을 해 주세요잉? 모녀가 살았는디 여차저차 저차여자... 그래서 다 구했다고. 삼방리 딸 천사는 다르다고요."

"잉. 그란데 우리 교회 목사님은 한 번 지옥에 빠지마 절대로 다시 못 나온다카셨어."

"아이고 삼방리서는 다르게 돌아간다니께여!"

또 다른 천사들이 벽화를 그리러 왔다. 청산 주민자치 프로그램

주민자치 프로그램 한국화반 선생님도 벽화천사로 등장하셨다.
지나가던 주민들도 이제는 자신감 있게 붓을 드시고…

한 여름 땡볕에도 조금도 기 죽지 않는 능소화.
양반만 즐길 수 있는 꽃이었다지만 삼방리 동학도들은 365일 보게 되었다.

의 하나인 한국화반의 박홍순 선생님과 백승옥님. 내가 겁도 없이 벽화 그릴 맘을 내게 된 것도 지난 몇 년간 청산 주민자치 프로그램에서 무료로 주 1회씩 그림을 배우느라 붓을 잡아 보았기 때문이다. 박쌤에게는 능소화를 부탁드렸다. 조선시대에 중국에서 들어온 능소화는 양반 집에만 심을 수 있어 양반꽃이라고도 한단다. 해가 뜨거운 한 여름에도 조금도 풀죽지 않는 능소화를 양반들의 갑질에 맞섰던 동학혁명군이 즐길 수 있다면 좋을 것이다. 능소화를 동학혁명군 맞

장녹골 회관 앞에도
어엿한 연꽃밭이 하나 생겼다.

은 편 벽에 배치했다.

연꽃 역시 마을을 환히 밝혀주는 고마운 꽃. 백샘과 서옥자샘이 땡볕을 등에 받으며 그려주셨다. 소리에 놀라지 않는 사자처럼, 그물에 걸리지 않는 바람처럼, 진흙에 더럽혀지지 않는 연꽃처럼… 찌질하지 않게 멋지고 당당하게 살자고요.

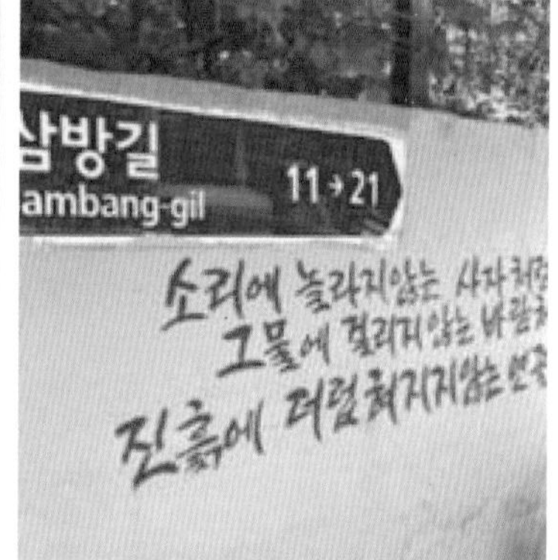

염 속에서 구슬 땀을 흘리며 그림을 그려주신
한국화반 회원님들 감사합니다.

젖가슴을 드러낸 여인은?

7월 중순 벽화 그리기 자봉을 왔던 학생들이 2주일 뒤에 다시 청산을 찾았다. 역사기행을 위해 1894 갑오년 동학농민혁명 본부가 있었던 청산을 선택한 것. 아무렴. 한반도 역사에서 가장 귀한 사건을 꼽으라면 단연코 1894년 전후해서 한반도 전역에 광범위하게 퍼졌던 동학과 동학농민혁명을 들어야 할 것이다.

1893년 봄 보은에서 수만 명이 총궐기하여 고종의 간담을 서늘하게 했던 동학도들의 최고 지도자 해월은 넉 달간 경상도 지역을 돌고 8월에 청산 한곡리로 거처를 옮겼다. 경상도를 돌던 중 병을 얻어 이승을 떠난 아들을 그곳 골짜기에 묻었다. 다음 해(1894) 봄, 전남에서 전봉준이 학정에 저항하기 시작했고 여름에는 경상도에서 전선을 놓으며 한양으로 올라가는 일본군과 저항하는 농민들 사이에도 계속 마찰이 생겼다. 일본은 노골적으로 조선을 치고 들어왔다. 가을 걷이가 끝나자 해월은 청산에 주요 지도자들을 불러 모아 의논한 끝에 총기포를 결정했다. 천 년 전부터 청산이라는 이름으로 존재했던 고장. 한반도뿐 아니라 19세기 아시아에서 가장 정치적으로 의미 있는 사건이라고 지목되는 동학농혁명이 전국적 기포를 위해 깃발을 든 곳, 청산!

식당에서 함께 점심을 먹고 한곡리 동학농민혁명기념공원을 찾았다. 해월이 살던 집 근처에서 혁명군들은 함께 밥을 지어 먹으며 전투 연습을 하기도 했다. 바위에 새겨져 있는 이름 김영규, 김정섭, 김재섭, 박희근, 박창근, 박맹호, 신필우…. 후세 사람들이 자기들의 고뇌와 자기들의 도전을 알아주기를 바랐을 것이다.

그들의 삶을 잠시 생각하고 교평리에 있는 해월의 손자 정순철 생가를 찾았다. 남자들이 혁명을 위해 집을 떠났을 때 해월의 딸 최윤의 나이는 17세. 새어머니 손씨(손병희 누이동생)와 청산현 감옥에 갇혀 모진 고문을 당했다. 옥졸 정주현은 그녀를 그냥 두지 않았다. 아버지 해월을 비롯해 많은 동학도들이 관군과 일본군에게 희생되고 난 후 윤은 1901년 아들 정순철을 낳았다. 〈짝자꿍〉과 〈졸업식의 노래〉("빛나는 졸업장을 타신 언니께~")를 작곡한 바로 그 사람. 5촌 아재 되는 방정환과 함께 어린이날을 만들고, 어린이 운동을 통해 일제에 저항했던 사람.(생가터는 복원되지 못하고 생가임을 알리는 비석만 세워져 있다.) 뜻밖에도 학생들은 〈짝자꿍〉 노래를 잘 알지 못했고, 오히려 교사들이 새로 알게 된 사연들에 놀라움을 표했다. 학생들은 자기들이 그렸던 벽화 그림을 다시 보기 위해 가사목을 찾았다.

벽화를 그리러왔던 학생들이 2주 후에 다시 역사공부를 위해 1894 갑오년에 동학본부가 있었던 청산을 찾았다.

해바라기 그림, 포도그림과 주변의 추가된 그림들을 보던 S가 문득 자기들 이름도 벽에 써 넣어달라고 주문했다. 아무렴. 그게 역사가 되는 거지. 나중에 삶 속에서 기쁜 일이 있을 때나 슬픈 일이 있을 때나 친정집 찾아오듯 찾아오렴. 벽에서 너의 젊은 날의 역사(기록)을 보며 행복 에너지를 충전할 수 있기를….

장녹골에 도착한 학생들이 좌우의 벽화를 살펴보았다. “엇! 찌찌다! 저 여자는 창피하게 찌찌를 내놓고 있네. 선생님 저게 왜 저래요.” 호들갑을 떤다. 아까 정순철 생가 앞에서 〈짝자꿍〉을 함께 불러보자고 했더니 “창피하다, 쪽팔린다.” 하면서 뒤로 물러섰던 바로 그 친구다.

유적지를 둘러보고 삼방리 중 가사목을 먼저 들렀다. 유적지 문바위에 새겨진 동학도 이름에 대한 설명 때문이었을까. S가 자기들 이름도 벽에 새겨달란다. 암만~

"우리 몸 중에 창피한 건 없어요. 머리끝부터 발끝까지 모두 귀하고 소중한 것이지요. 젖가슴은 아기 도시락 아닌가요? 새 생명을 키우기 위해 분비되는 젖은 정말 대단히 정교한 과정들을 통해 몸이 애써서 만들어내는 것입니다. 조선시대 평민 엄마들은 저렇게 젖을 내놓고 다녔고 아무도 이상하게 여기지 않았어요. 젖가슴을 부끄러워하는 이 시대가 오히려 잘못된 건 아닐까요?"

보은취회 때에도 남녀를 가리지 않고 함께 모여 있었고 마지막까지 저항을 했던 연산 대둔산 꼭대기 동학도들 중에도 여성이 있었다.(일본군이 포위망을 좁혀오자 아버지는 어린 자식을 안고 높은

장녹골 골목에 들어서자 마자 Y가 소리 질렀다.
"아~ 찌찌다~ 아구구 챙피해~~" 옳거니, 아까 정순철 생가 앞에서
짝짝꿍을 불러보자 했더니 창피하다 쭉 팔리다 했던 놈이로구나,

절벽에서 떨어져 죽음을 택했고, 임신을 하고 있던 여성을 비롯해 함께 모여 있던 동학도들은 모두 일본군의 총칼에 희생을 당했다. 일본군은 천황만세를 세 번 외치며 마지막 승리를 자축했다. (이러한 사실들은 100년이 지나 발견된 참전 일본군의 일기에서 밝혀졌다.)

바로 그 옆에 동학노래 가사를 적어 놓았으니 노래를 안 부를 수가

동학노래를 소개하면서 함께 노래를 불렀다.
선창을 한 뒤 손을 잡고 빙글게 돌면서 함께 불렀다.
"내 안에 하늘 있어요. 당신께도 있지요. 때가 왔어요. 개벽~ ♩♪♬"

개벽세상이 무어냐고 묻고 떠난 학생들.
그래. 옆에 답을 그림으로 그려보자!

없다. 깊은 산 속 승려들에게 구전으로 전해진다는 고구려 곡조에 동학의 주문을 한글로(1절) 한문으로(2절) 맞춰 넣은 것으로 힘 있고 따라 부르기 쉽다. 내가 선창을 한 뒤 손을 잡고 돌며 함께 불렀다.

"내 안에 하늘 있어요. 때가 왔어요. 개벽~ 손에 손 잡고 함께 나눠요 인내천~ ♬♪♩"

여기가 진정 동학 마을이로고.

학생 하나가 물었다. "개벽이 뭐예요?"

"어, 개벽은… 새로운 하늘 새로운 땅 새로운 사람, 새로운 만물, 동학도들이 희망하던 새로운 세상을 말합니다. 빼앗기지 않고, 차별당하지 않고, 억울한 일이 생기지 않고, 함께 귀하게 여기며 행복하게 사는 세상…."

학생들이 돌아간 뒤 생각했다. 옆의 해바라기를 조금 지우고 개벽 세상을 그림으로 그려 쉽게 알 수 있게 해야겠다고….

개벽세상이 무어냐고?

한반도 역사상 최장기 수배자는 누구일까? 해월 최시형이다. 해월은 1864년 수운 최제우의 처형 이후 도피를 시작하여 조병갑의 사돈 심상훈의 끈질긴 추적 끝에 체포되어 재판 받고(판사 중 1인이 조병갑이었다.) 처형당하는 1898년까지 35년 동안 대부분의 세월을 여차하면 뛸 생각으로 늘 보따리를 옆에 준비해 두고 수시로 거처를 옮기며 살아야 했다. 주변 제자들 역시 고난의 세월을 함께 겪었다. 1891년 충주 외서촌 보뜰(현 음성군 금왕읍 신평리)로 이사했을 때 제자 신재련이 무너진 집을 보수하면서 푸념 섞인 소리로 물었다. 늘 쫓기며 긴장하는 곤궁한 삶이 피곤했을 터이다.

"우리 도의 운세가 어느 때에 태평해지겠습니까?"

해월이 답했다.

"모든 산이 검게 변하고 모든 길에 비단이 깔리고 만국과 더불어 통상할 때가 그때이다"

다른 제자가 재차 물었다.

"그때를 알려주는 어떤 징조가 없습니까? 대체 개벽 세상은 언제 옵니까?"

"우리 땅에 들어왔던 만국병마(兵馬/군대)가 스스로 물러가는 징조가 있을 것이다."

동학도들이 애타게 기다렸던 개벽 세상은 아직 오지 않았다. 서울의 집값이 하늘로 치솟는 가운데 우리 동네 국회의원 '나으리'는 건설회사가 다섯 개, 집이 네 채, 신고재산이 600억에 가깝다. 갑과 을의 격차가 점점 심각해지는 가운데 검찰개혁, 사법개혁, 언론개혁, 재벌개혁은 속도를 내지 못하고 있다. 하나님과 친구 먹는다는 허풍쟁이 목사가 개신교를 장악해서 분단고착을 위해 용을 쓰고 있다. 사윗감 일등 후보 의사들이 의사증원을 반대한다며 면허증을 찢는다. 대통령이 빨갱이라며 죽이겠다고 덤빈다.

동학도들이 원했던 개벽세상은 어떤 것일까? 학생들 질문뿐만 아니라 앞으로 벽화를 보며 같은 질문을 하는 사람들에게 어떤 대답을 해 줄 수 있을까? 마을회관 앞 벽에 그려진 그림들을 살펴보았다. 옳지. 동학노래를 적은 오른 쪽 해바라기에게는 미안하지만 몇 개를 하

개벽세상을 그림으로 그려보자.
해바라기 몇 개를 하얀 페인트로 지우고 분필로 스케치를 시작했다.

얀 페인트로 지우고 그 위에 그림을 그리자.

청산에 이사와 이곳이 갑오년 혁명 중심지였다는 것을 알고 바로 팀작업을 시작하여 2015년 '여성의 눈으로 본 동학다큐소설13권'을 출간했다. 아름답고 귀한 동학도들을 싸그리 학살하고, 중국대륙으로 건너가 1945년 패망할 때까지 아시아인 수천만 명을 학살한 일본은 그들이 생산하는 신식무기에 절대적인 자신감을 갖고 있었다. 미소냉전이 끝난 이후에도 전 세계 군비가 줄어들지 않고 점점 더 많은 전쟁이 벌어지는 것은 미국의 무기 생산업체들 때문이다. 수백 명

평화어머니회는 초기에는 김봉준 화가가 허락해 준 그림으로, 이후에는 꽃대포를 그려 평화운동을 하고 있다를 시작했다.

의 무기회사 로비스트가 미국의 여야 정치인들을 옭아매고 있다고 하니, 무기와 전쟁으로 이윤을 얻는 구조가 살아 있는 한 세계는 전쟁의 포화 속에서 벗어날 수가 없다.

2015년 12월, 여성동학다큐소설 책 출판을 앞두고 내 몫 분량을 먼저 끝낸 나는 평화어머니회를 조직하여 6.25일부터 광화문에 있는 미국대사관 앞에서 북미 간 평화협정을 요구하는 일인시위를 시작했다. 초기에는 '남북군인 모두 어머니 자식'이라는 구호와 김봉준 화백 그림을 감사히 사용했지만, 현 정부 들어 남북관계가 가까워지면서 꽃대포로 새로운 로고를 만들었다.

'그래, 마을회관 벽에 꽃대포를 그리자.' 개벽세상은 총과 대포를 서로에게 들이대지 않는 세상이다. 자기 안에 하늘이 있는 것처럼 타인 안에도 하늘이 있다는 것을 알고 서로를 귀히 여기는 세상이다. 일제강점기를 지나며 온통 헐벗었던 산은 이제 모두 검어졌다. 방방곡곡 도로가 포장되어 있고 와이파이가 깔려 세계의 사람들이 삽시간에 서로 소통할 수 있다. 나라간의 교역은 물론이고 휴대폰으로 개인이 외국의 물건을 주문할 수 있고 세계각지에서 물건이 배달된다.

개벽세상이 언제 오냐는 제자의 질문과 해월의 답변도 적어넣었다.
개벽세상은 만국의 병마(군대)가 물러가고 대포에서 꽃만 나오는 세상이다!

트위터, 페이스북으로 미국의 대통령에게 문자도 날릴 수 있다. 통역가, 번역가도 넘쳐난다. 분쟁을 조정하는 기술들도 많이 발달되었다. 소통할 수 있는데 왜 무기가 필요하랴? 전쟁을 부추기는 무기회사는 다 망해 버려라!

세상의 군사주의가 사라지기를 희망한다. 남북이 3년 싸웠다고 70년 분단되어 서로를 증오하는 게 말이 되나? 소통은 힘이 세다. 분단 고착 세력은 가라. 무기를 생산하고 수입하는데 들어가는 비용들을 모두 교육, 복지, 문화에 투자해 보라. 우리는 세상 부러울 게 없는 개벽세상에서 살게 될 것이다. 새마을 지도자 백샘이 풍물그림을 원

백 선생이 원하는 대로 풍물하는 사람들을 우측에 추가로 그렸다.
좌측에는 항아리 위 정화수와 청산에서 태어난 해월의 손자 정순철을 추가했다.

했으니 오른쪽 대포 위에 그려보자. 해월의 손자 정순철의 청산 탄생이 내게 많은 영감을 주었으니 왼쪽에는 정순철도 그려 보자. 혁명하러 떠난 남정네들을 위해 여인들은 장독대 항아리 위에 정화수를 떠 놓고 간절히 빌었을 터. 그 간절한 정성을 우리도 계속 쏟아보자. 개벽세상이여, 평화세상이여, 대포에서 꽃만 나오는 세상이여, 어서 오시라~

김정자 씨네 막내 아드님이 페인트 통을 가지고 들어가더니 집 안에 김춘수 시를 적고 꽃을 그려 넣었다. '내가 그의 이름을 불러주기

김정자 할머님댁 벽에 막내아드님 박종민 님이 쓴 김춘수 시인의 '꽃'.
아무렴, 우리가 상대에게 관심을 가질 때 그는 꽃으로 존재하게 된다.

보라색을 좋아하시는
집주인 김정자 씨를 위한 선물

왼쪽의 연꽃밭과 오른쪽의 사이좋은 사람들
사이를 비집고 틈을 내었다.

전에는 그는 다만 하나의 몸짓에 지나지 않았다. 내가 그의 이름을 불러 주었을 때 그는 나에게로 와서 꽃이 되었다 … 너는 나에게 나는 너에게 잊혀지지 않는 하나의 눈짓이 되고 싶다.'

오호…. 진짜 시가, 이야기가, 역사가 숨쉬는 벽화마을이 되어 가는 걸…. 아드님은 시멘트 블록으로 쌓은 바깥벽에 하얀 페인트를 칠하고 떠났다. 여기엔 무얼 그려 드리나. 권장이 보라색을 좋아하시니 여기엔 포도넝쿨을 그리자!

맞춤벽화 그려드려요~

시골살이 하며 많은 것을 알게 되지만 그중 하나는 우리 동네 어머

맞춤벽화 -오며 가며 마음속에 새겨주세요.
과거의 슬픔, 억울함, 죄책감 모두 떨쳐버리시고
지금, 여기에서 행복하세요오~ (아들 양기환 님이 지나가며 바다라면 갈매기가 있어야 한단다. 네압!)

니, 할머니들은 거의 '여신'급이라는 것이다. 아이를 낳고 기르면서 나보다 가족(특히 자녀) 돌보기를 그들 최고 역할로 여겼기 때문이리라. 자신의 주린 배를 움켜쥐고 자식부터 먹이려는 마음, 끝내 제대로 입히고 먹이지 못한 것이 죄책감과 한으로 남은 어머니들은 자식들을 다 키워내고 살림살이가 조금 넉넉해진 요즈음도 여전히 다른 이들부터 챙기는 게 습관이 되셨다.

젊은 시절 궁핍과 고된 노동에 시달렸던 어르신들. 지금 시절은 좋아졌는데 이렇게 늙어 버렸으니 억울하고 억울하다는 생각이 든

눈에 거슬렸던 막힌 창문.
옳지, 그곳에 이용금 할머니를 위한 맞춤 시를 적어 넣자!

다. 맛난 음식을 드시면서도 억울하다는 말이 입에 붙으셨다. 작년 어버이날, 젊은이들(60대)이 마이크를 안 넘겨준다고 "우리는 내년에 못 올지도 모르는데…." 풀이 죽어 말씀하시던 분. 돌아가는 순서는 아무도 모른다지만 왕언니들에게 시간이 많이 남아 있지 않는 건 틀림없는 사실이다. 남은 시간 동안 이들은 무조건 행복해야 한다. 왼쪽의 연꽃 밭과 오른쪽의 의좋은 사람들 사이를 비집고 파도 타는 여인을 그렸다.

오가며 머릿속에 각인되도록 큼지막하게 글씨도 써 넣었다. 이 장면은 내가 강연을 나가면 주제가 어떤 것이든 참가자들에게 항상 마지막에 보여주는 것이다.

인생을 스포츠에 비유하면 파도타기와 같다. 과거의 파도는 가 버렸으니 아무 의미 없다. 미래의 파도 역시 오지 않았으니 두려워할 이유가 아무것도 없다. 현재의 파도를 감사하며 즐기다보면 기술이 늘어 미래의 집채만 한 파도도 즐길 수 있다. 부디 억울한 과거와 이별하시고 지금, 여기의 일상을 감사하며 즐기시라.

이용금 할머니. 대장부의 기상을 가지셨다. 호적 나이 115세. 실제 나이 95세. 정신대 공출 피해서 영문도 모르고 아이 없는 집에 시집오신 분. 최근에 다리골절로 두 번 수술을 받았다. 죽는 것이 두렵다고 하신다. 두려운 마음을 품고 가시게 할 수는 없는 일이다. 전부터 눈에 거슬렀던 연꽃밭 안의 막힌 창문을 이용해 보자. 그래 천상병이다!

"歸天(귀천)

나 하늘로 돌아가리라 / 새벽빛 와 닿으면 스러지는 / 이슬 더불어 손에 손을 잡고 / 나 하늘로 돌아가리라. / 노을빛 함께 단둘이서 / 기슭에서 놀다가 구름 손짓하면은 / 나 하늘로 돌아가리라 / 아름다운 이 세상 소풍 끝내는 날 / 가서, 아름다웠더라고 말하리라…."

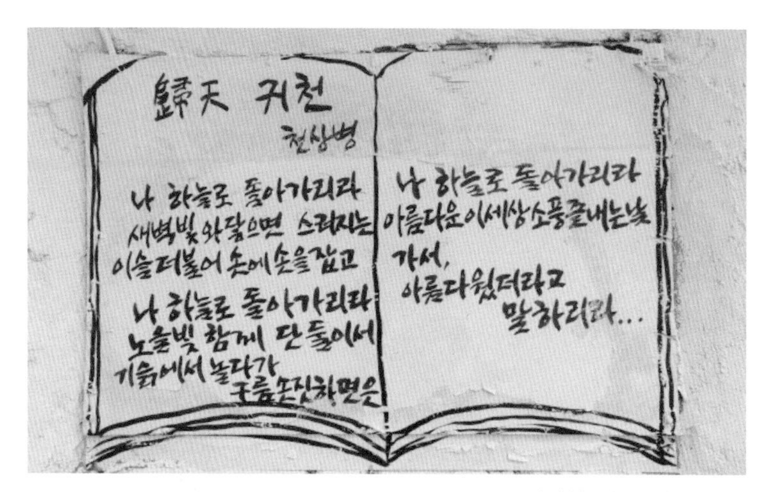

막힌 창문에는 시집을 그렸다.
천상병, 참으로 고마운 선물을 우리에게 남겼다.

서울 상대를 나온 시인 천상병은 박정희 시절 조작된 간첩단 동백림사건에 연루되어 중앙정보부에서 석 달간 물고문과 전기고문을 받고 잡혀간 지 여섯 달 만에 거의 폐인이 되어 출소했다. 이후 아내가 된 친구동생(문순옥)의 보살핌을 받으며 욕심 없이 살다가 귀한 선물을 우리에게 남기고 63세에 이승을 떠났다. 삼방리 어르신들, 시인 말대로 즐거운 우리 소풍 온 것처럼 아름답게 잘 살다가 가자고요.

좀처럼 싹이 나지 않아 우리 애를 태웠던 적백일홍이 꽃을 피웠다.

저수지 주변에는 측백나무를 심고 사이사이에 냉해에 강하다는 적백일홍을 심었다.
오랫동안 싹이 나지 않아 애를 태우더니 어느 결에 꽃도 피웠다.
에헤라디여~

마을 입구
최씨네

장녹골 입구 왼쪽. 늘 비어있는 집. 주말에는 어른 아이 북적이는 집. 부모님은 돌아가셨지만 서울, 수원, 구미, 청주, 아산, 대전에 흩어져 사는 5녀1남은 남편과 아이들을 데리고 주말마다 모인다고 했

마을입구 최 씨네. 평일에는 비어 있다.
그러나 주말이 되면 사정이 달라진다. 그들에게 17개의 하얀 동그라미를 선사했다.

과연 주말이 되니 그들은 나타났고
온통 벽에 들러붙었다.

다. 저 집에는 무슨 그림을 그릴까 하다가 총무 은상씨의 제안대로 집 주인에게 맡기기로 했다. 6남매에게서 태어난 자녀들은 모두 10명. 나지막한 담장 왼쪽에는 10개의 동그라미를 그리고, 오른쪽에는 사위들도 있으니 여유 있게 7개의 하얀 동그라미를 준비해 두었다.

과연 주말이 되자 가족들은 북적거리며 왼쪽의 벽에 그림을 그려 놓고 갔다. 10명의 출생 띠 동물을 그렸다. 그림들 가운데 내 눈을 사로잡은 것이 있었으니…. "일하지 않는 자 먹지도 말라. 넌 최고야. 넌 훌륭해!" 삐뚤빼뚤 서툰 솜씨로 이렇게 훌륭한 글을 써 놓다니 이건 누구? 어떤 가정교육을 받았을까? 이 가족 이야기로 꼭지를 따로 써야겠다고 마음을 먹었다.

그다음 주에는 오른쪽 벽에 6남매의 어린 시절 추억이 그려졌다. 오줌 싸고 머리에 키를 이고 다니던 일, 막걸리 심부름 가던 중에 먼저 따라 먹고 대취하여 마루 위에 널브러져 자던 일, 하굣길에 아카시아 잎줄기로 파마머리를 하고 집 근처에 오면 아버지 무서워 개울물에 머리를 적셔 풀던 일, 그리고 아아… 따듯한 음성과 함께 꺼칠꺼칠했지만 아픔을 멈추게 해 주셨던 엄마의 약손….

부모님의 자식사랑은 각별했다. 5녀가 태어났을 때 작은 집에 양녀로 보내라는 권고가 있었지만 아버지는 딸을 부둥켜안고 내어주지 않았다. 계집애를 가르쳐 무엇 하느냐고 했지만 아버지는 고등학교까지 모두 다닐 수 있게 해 주셨다. 첫째가 나가 돈을 벌며 집을 돕

열 명의 손주들 중 7살짜리 막내가 썼단다.
"일하지 않는 자 먹지도 말라." 이 집 식구를 인터뷰해서 독립된 꼭지를 써야겠는 걸!

고, 둘째가 셋째를 끌어주고 넷째를 밀어주고, 이렇게 돈을 모으며 서로를 도왔던 딸들은 돈을 보태 부모님의 새 집(지금 드나드는 집)을 마련하고 대학도 다니며, 막내로 태어난 아들을 대학에 다닐 수 있게 밀어주었다.

아버지는 친구 집에서 자는 것도 허락하지 않고 딸들이 다 들어온 뒤 대문을 잠그셨다. 수학여행을 따라갈 정도로 딸 사랑이 대단했던

왼쪽 벽 10개에는 10명의 손주들의 띠를 그려 넣었다.

어렸을 때의 추억이 묻어 있는 여섯 개의 그림

일주일 뒤, 6남매의 어린시절 이야기를 그리는 자매들.

부모님이 살던 집에 6남매의 어린시절 추억이 가득한 그림을 그려넣고
그들 자녀 10명의 출생띠를 그려 넣으니
3대의 역사가 고스란히 벽에 담기게 되었다.

봄부터 시작했던 행복마을만들기 사업.
이제 심사의 계절이 돌아왔다. 20개 마을은 각기 어떤 변화를 겪었는지 심사위원과 관계자들 앞에서 발표하게 될 것이다. 나는 추첨함에서 9번째 순서를 뽑았다. 에헤라디여~

아버지는 아들한테는 엄격했는데, 아내가 세상을 뜨자 아들이 있으니 든든하다고 처음으로 고백하셨다. 어머니가 돌아가신 뒤 6년 만인 2007년 아버지는 막내딸을 결혼시키고 1주일 만에 돌아가셨다. 덕지리가 고향인 어머니도, 아버지뿐 아니라 6남매도 모두 예곡초등학교를 다녔으니 한 가족 8명이 모두 동창생이다. 이제 그 추억이, 3대의 역사가 모두 벽에 기록되었다.

봄에 시작되었던 행복마을 만들기 사업이 막바지에 이르렀다. 예년 같으면 신청했던 20개 마을이 한 곳에 모여 경연대회를 하기도 했다지만, 코로나 때문에 불가. 9월 중순에 현장심사를 하고 10월 초순에 미리 찍어 놓은 영상과 짧은 ppt 발표로 대체한단다. 마지막 리더교육 시간에 추첨을 통해 발표 순서를 정했다. 20개 마을 중에 9번을 택할 수 있었으면 좋겠다고 마음속으로 바라고 있었는데 뽑은 종이를 펴보니 9라고 적혀 있다. 오오, 저수지 신령님…. 계속 돕고 계신 건가요? 에헤라디여~ 감사합니다. (코로나 때문에 한 번으로 교육을 끝내지 못하고 서너 번으로 쪼개느라 서너 배 애쓰고 계신 '씨앗'과 담당 공무원 여러분. 정말 노고에 정말 감사합니다.)

여신들이
참지 못하고 방문했다!

벽화는 그리고 나면 끝이 아니다. 코팅을 해 주어야 한단다. 장녹골은 감사하게도 노인회 총무 부부가 코팅을 해주셨지만 가사목은 하지 못했다. 계속되는 장마에 틈을 내지 못하다가 가사목에 가보니 마침 이복순 할머님의 따님이 와 계셨다. 복순 할머님은 치매가 왔지만 늘 만나면 "밥 먹고 가.", "밥통에 밥 있어!", "밥 먹어!"를 반복하시는 맘씨 따듯한 왕언니다. 이런 분이 도시에 살면 주변의 지청구에 시달리겠지만 삼방리와 같은 시골 마을에서는 편하고 안전하게 살 수 있다. (나와 함께 서울의 아파트에 살던 우리 어머니는 치매 초기에 아파트 경로당에 나갔다가 어디서 잃었는지 비취반지를 잃어버리셨다. 경비아저씨는 인터폰으로 할머니가 혼자 헤매고 다니시더라며 '혼자 내보내지 말라!'며 엄하게 경고했다. 그 뒤로 요양소에 가셨던 어머니의 마지막 말씀은 '밥 먹고 가!' 그리고는 돌아가실 때까지 더 이상 아무 말도 하지 않으셨다.) 작은 마을에도 작은 마을요양소가 있다면 동네 왕언니들이 언젠가 자식들 집이나 낯선 요양소로 떠났다가 영영 안 돌아오시는 일이 없을 터인데⋯,

내가 코팅작업을 시작하자 복순 할머니의 딸 양연숙 님이 득달같이 덤벼들어 쓱쓱싹싹 롤러를 문지르셨다. 둘이 순식간에 포도밭, 의좋은 형제자매, 파도타기, 연꽃 밭, 해바라기 밭을 해치웠다! 이제 비가 오고 천둥이 쳐도 그림 속의 사람들과 새와 꽃들은 안전하리라. 에헤라디여~.

단체 카톡방 〈여신〉의 식구 셋이 삼방리를 찾았다. 우리나라 페미니스트운동을 선두에서 이끌었으며, 여신 연구로 박사학위를 받고, 2년 전 『여신을 찾아서』를 출간한 김신명숙 님, 하버드대학의 교육철학박사이며 한반도 평화운동을 위해 미국생활을 접고 한국에 오신 김반아 님, 사회학과 동기이며 여성운동을 꾸준히 해 온 양해경 님. 그들은 방제목이 〈여신〉인 단톡방에서 '도끼부인' 연재물 몇 개를 읽고 단김에 삼방리를 찾았다. 먼저 가사목부터 들렀는데 무슨 말씀인지 왕언니들은 초면의 그녀들에게 미주알고주알 일러바쳤다.

여신들은 가사목과 장녹골의 그림들을 구석구석 둘러보고 집으로 와 밭에서 딴 호박잎과 감자볶음, 호박볶음 등으로 시장한 배를 채우고 평화어머니회의 평화티셔츠를 한 장씩을 구입했다.

〈여신〉 방에서는 실시간으로 올리는 사진에 '감동', '대박' 등의 댓

벽화를 그린 뒤에는 코팅을 해 주어야 한다.
이복순 할머님의 따님이 놀러왔다가 씩씩하게 코팅작업에 참여하셨다!

글들이 올라왔다. (여러분도 봄에 꽃 피면 벽화 자봉단으로 오세요. 진달래 화전 먹으며 함께 그림 그리며 놀아보자고요.)

16일에는 4명의 현장심사위원과 충북도와 옥천군에서 관계자들이 삼방리를 방문한다고 한다. 그들에게 연재물을 프린트해서 '공정한' 심사를 부탁해야지. 아니, 그런데 심사위원들보다 더 잘 알아야 할 사람들이 있다. 처음부터 행복마을만들기 사업을 못마땅하게 여

미주알 고주알…
처음 보는 낯선 이들에게 무언가를 고해바치는 왕언니들.

겼던 사람들, 관심이 있었지만 시간이 없었던 사람들, 소극적으로 바라만 봤던 사람들, 저쪽 동네일은 알 수 없었던 이쪽 동네 사람들, 이쪽 동네일은 알 수 없었던 저쪽 동네 사람들. 대관절 삼방리에서 무슨 일이 벌어지고 있었는지 당신들이 심사위원들 보다 더 잘 아셔야 한다. 13탄의 연재물 10부를 뽑으려면 집의 프린터로는 감당이 되지 않아 종이 몇 뭉치를 사들고 다목적 회관과 면사무소를 며칠 동안 수차례 드나들며 동냥 프린트를 했다.(내년에는 지원금 중에 필히 성능 좋

보행보조기를 짚으신 이용금 할머니도 알고 보면 여전사이며 여신이다.
장녹골 벽화도 들러보고 집에서 평화티셔츠를 걸치고 한 장!
뒷줄 왼쪽부터 김신명숙, 김반아, 양해경 님

마을회의. 2단계에서 받게 될 3천만 원으로는 무얼 할 것인가?
아이고오... 뺄 것이 없는디…

은 프린터를 구입하고야 말리라!) 겉장에 '심사위원들에게 드릴 것이니 깨끗이 보고 돌려 달라.'고 써서 이 골짝 저 골짝에 전했다.

안 좋은 시력 때문에 카톡도 밴드도 잘 안 보신다는 이장님. 휴가 갈 때 프린트물을 가지고 가셨단다.

"이거 내가 휴가 가서 두 번을 읽었어. 두 번을. 아니 이거는 책을 내야 되야. 책을…." (암만요. 그러잖아도 출판사에서 연락이 왔다니께요.)

일요일 오후. 마을회의가 열렸다. 내년에 3천만 원을 받게 되면 무얼 할 것인가. 나와 총무가 각각 가안을 만들어 돌렸다. 넣고 싶은 것

9월 16일 현장심사가 있단다. 심사위원들보다 우리 주민들이 확실하게 알아야 한다. 13탄의 이야기를 10부 동냥프린트 해서 소극적 참여자들에게 돌렸다.

넣고, 빼야 할 것은 빼 보자고요.

"풍물은 한 5년 가면 사라지는 거 아녀? 왜 사라지는 것에다가 돈을 쓸라구 하냐구?"

"아니, 5년 동안 행복하시면 좋은 거 아녀요? 글구 조 사람, 요 사람은 5년 넘게 살 거구 다음 사람들에게 가르쳐 주면 되구…. 경연대회도 나가 보구…."

요청사항에 안마의자가 있었지만 다음 날 씨앗에 물어보니 '함께 하는 사업' 중심으로 생각해 보라는 답변이 돌아왔다. 암만요. 함께 행복해지기 위해 분투해 보자고요. 3천만 원으로 달라질 나의 모습과 주민들 모습에 마음이 설렌다. 일 년 뒤 우리는 또 얼마나 달라져 있을 것인가. 회관 앞 연꽃 밭에 추가로 개구리를 그려 넣었다. 너도 지켜보아주렴.

저수지 신령님을 만나다

그놈의 칡넝쿨이 봄에 심은 어린 나무들을 끈질기게도 성가시게 했다. 감사하게도 장녹골 노인회에서 수 차 풀베기를 했지만, 16일 현장심사도 온다 하니 겸사겸사 아침 7시에 모여 풀을 깎기로 했다. 어제 늦게 귀가하느라 준비해 놓은 것도 없어, 아침 일찍 일어나 주먹밥을 만들었다. 집에 있는 검은깨를 들들 볶아 갈고, 호박과 가지를 새콤달콤 짭짤하게 볶아 속에 넣었다. 칡잎으로 감싸서 낱개 포장 스물다섯 봉지를 만들었다.

가끔 와서 마당의 풀을 깎는 남편은 휘발유와 오일을 비율 맞춰 넣고 줄을 세게 당겨 부릉부릉 시동을 걸어야 하는 예초기를 버거워했다. 고장도 자주 나는 바람에 수리 심부름도 가끔 다녔다. 그런데 이곳 삼방리 남자들은 예초기를 둘러매고 거침없이 풀을 깎는 게, 오매 전사들처럼 멋있다. 여자들은 쓰러진 코스모스를 뽑아내고 그곳에 마을회관에서 먹을 배추를 심기로 했다. 한 시간쯤 집중적으로 일하고 마을 복판에 주먹밥 소쿠리를 놓고 아침을 함께 먹었다. 주먹밥 완판.

대전에서 출발한 요가강사 박샘은 대전은 비가 많이 온다며 오늘 야외수업을 할 수 있겠냐고 걱정하는 전화를 했다. 분명히 삼방리 예보에도 비가 계속 온다고 했는데 풀을 깎기로 한 시간에 비가 그치더니 점심 이후에는 땡볕이 내리쬐였다. 긴 비가 오고 나서 해가 쨍하고 나는 걸 '새볕'이라고 한다는 걸 오늘 왕언니들에게 배웠다. 참 고운 말이다.

신령님 옷을 입은 박샘이 가드레일 뒤에 숨었다. 앞치마 단복을 입은 우리들이 시끌벅적 서성거리면 신령님이 가드레일 뒤에서 나타난다.

"왜 이리 웅성거리는 것이냐?"

-우리가 뭘 빠뜨렸어유.

(가드레일 뒤로 숨었던 신령이 '불행'이라고 쓰인 팻말 하나를 들고 나타난다. 이때 왕언니 한 분이 바가지로 신령님 머리 위에 물을 뿌린다. 암만. 신령님이 물에서 올라오는데 옷이 뽀송뽀송하다면 그건 너무 이상하지.)

(푸우푸우 머리를 가다듬으며 올라오는 신령) "이것이 너희들 것이냐?"

-아녀유, 아녀유!

현장심사에 앞서 풀을 깎고 꽃밭을 정리했다.
일하기로 한 시간에 그친 비가 얼마나 감사한지…

작업 후 마을 복판에 앉아 주먹밥 한 덩이씩.
아침을 이웃들과 함께 나눠 먹는 것, 처음이다.

삼방리 사람들이 저수지 가장자리에 모여 웅성거리고 있다.
도대체 왜?

(신령, 다시 가드레일 밑으로 들어갔다가 '슬픔'이라고 쓰인 팻말을 들고 올라온다. 또 물 한 바가지) "이것이 너희들 것이냐?"

-아녀유, 아녀유!

(신령, 다시 내려갔다가 '행복'이라고 쓰인 팻말을 들고 올라온다. 다시 또 물 한 바가지) "그럼 이 '행복'이 삼방리 거냐?"

-맞아유, 맞아유! 에헤라디여~

(신령, 마을 사람들과 한데 어울려 춤춘다.)

눈치 빠른 분들은 위의 사진들이 폰으로 찍은 사진과 좀 다르다는 걸 알아채셨으리라. 한참 드론 배우는 재미에 빠진 남편을 삼방리로 소환했다. 야외 촬영은 드론이 제격 아닌가. 드론 촬영을 위해 어제 저녁 삼방리로 내려온 남편은 드론을 안 가져왔다고 새벽에 마누라

물에서 올라오는 신령님 옷이 뽀송거리면 그거 참 이상하지 않은가?
자, 그러니…

불행도 아니 아니, 슬픔도 아니 아니, 행복을 찾아 주시니 감사할 따름.
에헤라디여~

행복을 찾아주신 신령님 감사합니다.
함께 춤을 추어요~~

삼방리 행복마을 좋아요~
사랑해요오~

작목반 정샘이 찹쌀경단과 두부버섯 탕수를 준비해 왔다.
함께 뚝딱 만들어 먹는 맛이라니…. 정 선생은 풍물 1급 강사다.
내년부터 우리 모두를 재주꾼으로 만들어 주리라 믿는다.

"내가 한 살 더 먹으면 90인데…
이렇게 맛있는 거 처음 먹어봐요."

몰래 다시 집에 가서 가져올 생각을 했단다. 자동차 트렁크에 잘 넣어두고서 그렇게 애 간장을 태웠다니…. 여보야. 우리가 이제 그런 나이여.

작목반 정샘이 지난 번 감자 고로케에 이어 오늘은 찹쌀경단을 간식으로 준비해 오셨다. 이렇게 감사할 수가…. 함께 둘러앉아 익반죽한 찹쌀에 단팥 소를 넣고 삶아 건진 뒤 호박, 콩, 코코아 가루를 묻혔다. 찹쌀가루 입혀 튀겨온 버섯, 두부 위에 양파, 가지, 천경채, 당근, 홍매실청, 마늘 드음뿍 넣은 버섯두부 탕수를 곁들여 먹었다.

남자가 만들어 주는 음식. 왕언니들은 처음이라고 하셨다. 한 살 더 먹으면 90인데 이렇게 맛있는 것도 처음이라고 하셨다. 왕언니들이시여. 부디 함께 이렇게 웃고 떠들며 삽시다. 사랑과 평화가 가득한 세상 만들어가며, 저승사자가 데리러 오면 절대로 따라가지 마시공….

드디어 심사 끝나는 날,
결과가 발표되었다

행복마을 1단계의 진행순서는 다음과 같다. 먼저 연말이 오기 전에 각 면을 통해 리(마을)단위로 신청서를 받는다. 충북도에서는 그중에 20개 마을을 선정하고 각 마을은 사업계획서를 제출한다. 컨설팅회사가 신청마을을 다니며 행복마을 만들기에 대해 설명을 한다. 3월에 300만 원을 지급하고(2021년부터는 500만 원으로 증액) 9월에 현장심사를 하고 10월에 발표심사를 통해 2단계로 넘어갈 12개 마을을 선정한다.

6개월 안에 컨설팅 회사는 각 마을의 밴드를 통해 활동 내용을 살피며 월 1회 전체 주민교육을 하고, 선진지 견학과 지도자 교육을 실시하며 현장심사에 앞서 주민을 대상으로 설문조사를 한다. 마을의 운영위는 월 2회 이상 모이고, 활동하는 동안 모든 회의록과 프로그램에는 사진과 참가자의 사인을 첨부한다. 현장심사를 위한 ppt와 최종 심사를 위한 ppt를 마련해야 하고 발표 시에는 3분의 영상이 결합되며 심사 준비 팀에게 3분의 영상을 찍기 위한 기획안을 제시해야 한다. 밴드를 운영하여 더 많은 마을 관계자들을 결합시켜야 하며 심지어 유튜브 접속과 유튜브를 통한 소통도 할 줄 알아야 한다.

지원금을 지출할 때는 반드시 카드로 결재해서 영수증을 챙겨야 하며 아울러 잉크가 묻어 있는 견적서와 납품서를 갖춰야 한다. 물건을 구입할 때는 사진도 찍어 첨부한다. 강사는 자격증이 있어야 하며 강사수당 지급 규정에 맞게 강사비를 지출하고 원천징수 세금고지서를 발부받아 세금을 납부해서 프로그램을 마칠 때에는 통장잔액을 0으로 맞추어야 한다. 공무원들을 겪어보았지만 이렇게 야무지게 진행하면서 야무진 효과를 얻는 프로그램을 진행하는 건 본 적이 없다. 칭찬 받아 마땅한 행복마을만들기 사업이다.

청산의 삼방리 주민도 300만 원을 받아 6개월간 위의 조건을 모두 갖추어 가며 프로그램을 진행했냐고? 물론이다. 주민역량강화라는 건 공동체정신을 함양도 중요하지만 공무원을 상대하는 주민의 역량강화를 의미하기도 하더라. 게다가 삼방리 저수지 신령님이 어려운 일이 생길 때마다 척척 길을 열어주셔서 거칠 게 없었다.

사정이 이러하니 마을 원주민과 귀촌 귀농인과의 결합은 필수적이다. 마을 원주민들에게 제일 힘든 것이 컴퓨터를 통한 서류 작업과

행복마을사업 후 '똥구멍이 웃는다'는 이용금 할머니.
다른 설명이 필요하랴?

예산결산 정리 작업, 동영상, 밴드, 유튜브 다루기 등일 것이니 행복마을만들기는 동네사람 모두가 손을 잡아야 가능한 사업이다. 젊은이는 힘과 지혜로, 어르신은 활짝 웃음과 행복하다는 비명으로 행복마을사업의 모자이크를 메꾸어 나간다.

결전의 날(10월 8일 최종심사)이 다가오는데 3일 시누이의 사망소식이 들려왔다. 나이도 젊은데 새벽에 심장마비가 왔더란다. 다음 날에는 사랑하는 은사님(이이효재)의 사망소식이 들려왔다. 3일부터 6일까지 나흘간은 장례식에 집중해야 했다. 7일 저녁에는 야간수업을 끝내고 자정이 되어야 집에 돌아오는데 점수에 포함된다는 유튜브 응원 독려는 언제하고 연습은 언제 하고 8일 아침에 심사장으로 나간담…. 급히 면게시판, 군게시판에 홍보의 글을 쓰고 면장님께도, 명상공동체마을을 준비하고 있는 도반들에게도 유튜브 응원을 부탁을 드렸다.

나의 모든 활동을 지지하고 격려해주셨던 은사님. 어머니 같고 언니 같았던 든든한 우리들의 뒷배이셨다. 찬란한 빛의 세계에서 세상에 사랑과 축복을 보내주소서~

나의 은사 이이효재님. 1924년생이시니 내 어머니와 같은 해에 태어나셨다. 97세. 내가 청산에 이사 온 뒤 집으로 찾아오시어 선생님이 계신 아파트에서는 누릴 수 없는 풍광에 감탄하셨다. 작년에도 진해에 내려가서 뵈었는데 올해는 행복마을사업 등으로 바빠서 찾아뵙지 못했다. 1996년 김영삼 대통령이 국민훈장 석류장을 주겠다고 했을 때에는 수상자 중에 전두환을 추대했던 5공 세력이 포함되어 있다며 수상을 거부하셨다. 이번에는 돌아가신 이후에 장례식장에서 문재인대통령으로부터 국민훈장모란장을 받으셨다.

장지에서 만난 동기와 후배는 생전의 선생님께서 내가 쓴 『해월의 딸 용담할매』를 잔뜩 쌓아놓고 찾아오는 사람들에게 읽어보라고 나누어 주셨다고 전해주었다. 부모성 함께쓰기를 시작할 때에도, 호주제 폐지운동을 시작할 때에도, 평화어머니운동을 시작할 때에도 가

비대면 경연대회.
동영상, 유튜브 중계로 그 한계를 넘어서고자 했다. 애쓰신 모든 분들께 박수를…

장 먼저, 가장 크게 기뻐하고 격려해 주셨던 선생님. 평화협정, 평화통일을 만트라 삼아 기도하고 명상한다고 하셨던 선생님. 청산 삼방리에서 행복마을가꾸기 일을 하고 있다는 걸 아셨다면 그 또한 큰 칭찬을 해주셨을 것이다. 틈을 내서 찾아뵙지 못한 것이 죄송할 따름이다. 선생님. 이 글이 책으로 나오면 자랑삼아 이천으로 찾아뵙겠습니다.

행복마을공동운영위원장인 이장님과 둘이 청주의 심사장(2020 충청북도 행복마을 경연대회)에 들어섰다. 발표심사는 오후에 있지만 리허설을 해야 하므로 모두 오전에 모여들었다. 예전 같으면 20개 마을 주민들이 모두 모여 경연대회를 했다고 하는데 대면 행사를 할 수 없으므로 각 마을마다 2명으로 인원을 제한하고 미리 준비한 마을별 3분짜리 동영상으로 주민들의 분위기를 전해야 했다. 행사의 전 과정은 유튜브로 실시간 중계되었다.

동영상이 무대의 스크린에 연결이 안 되어 오전 내내 씨앗의 장부장님과 직원들이 애를 태웠다. 지난 몇 달간 아낌없이 열과 성을 다 바친 분들인데 얼마나 속이 탔을까. 시간이 조금 지연되기는 했지만 다행히 영상이 연결되어 동영상이 포함된 발표는 무사히 마칠 수 있게 되었다.

참가마을이 모두 수료증을 받은 뒤 2단계로 넘어갈 자격이 주어지는 12개의 마을이 호명되었다. 청산 삼방리도 호명이 되었다. 점수와 등수는 발표되지 않는다(끝나고 비공식적으로 우리의 성적을 알게 되었다. 입이 간지럽지만 밝힐 수 없는 것이 유감이다. 하하).

4월 마을 청소, 나무 심기 이후 6개월을 미친 듯이 달려왔다. 내년에는 1월부터 미친 듯이 내달리게 될 것이다. 지원금은 10배인 3천만 원으로 늘어나지만 우리의 행복은 100배 1,000배로 늘어나게 되리라. 그렇게 될 수 있을까? 물론이다. 벌써 가슴이 뛴다. 2단계 보고를 기대하시라!

추신 _도대체 누가 이런 프로그램을 만들었는지…. 만나면 마구 칭찬해 주고 싶다. 성실하고 열정 있는 컨설팅 회사 '씨앗'에도 무한감사를 드린다. 대한민국의 정치가들 보다 이런 분들이 세상을 바꾸고 있다는 생각이 든다.

행복마을을 지켜보면서…

박종민(김정자 님 막내, 시흥)

고향에 혼자 사시는 어머니는 올해(2020)가 가면 80세가 되신다. 자주가 보지도 못하는 시골 고향 삼방리… 한참 만에 찾아가보니 분위기가 사뭇 다르게 느껴졌다. 마을 입구도 잘 정돈되어 있고 벽에는 그림이 그려져 있고 윗집 아주머니를 보고 인사를 건네니 무슨 일이신지 얼굴이 참 밝으시다.

"엄마! 동네가 뭔가 좀 다른 분위기야. 뭐 동네에 좋은 일 있어?"

"행복마을이랴 뭐랴~ 그런 거 만들기 하느라고 정신없다. 집집마다 벽화도 그리고 마을회관에서는 요가 수업도 하고, 끝나믄 맛난 것도 만들어 먹고 참 좋다~."

밴드에 초대받아 들어가 보니 마을전경과 함께 어르신들이 보인다. 어머니도 계신다. 제초작업을 하고 나무를 심고… 새롭다. 그리고 신선하다. 어르신들의 입가에는 웃음이 마르지 않는다. 어느 날은 '동학'에 대한 벽화가 완성되어 있고, 또 어느 날은 연꽃이, 또 어느 날은 이야기 동화의 그림이 등장하더니, 우리집 입구 벽에는 예쁜 포도나무가 그려져 있었다. 매일매일 새롭게 올라오는 밴드 소식이 반갑고 기다려진다. 해맑게 웃으시는 어머니 모습도 너무 좋다. 이제 사람 사는 것 같다. 행복마을 만들기라는 것이 이렇게 변화를 가져올지 누가 상상이나 했을까? 나 또한 내 안에 있던 시골에 대한 생각들에 많은 변화가 생겼다. 태어나 고 3때까지 19년 동안 생활했던 내 고향 '삼방리'. 나고 자라오면서 불만만 가득했던 동네였는데… 나중에 귀촌을 생각해도 삼방리가 아닌 다른 살기 좋은 마을을 생각했던 나였는데… 지금처럼 삼방리가 자랑스럽게 느껴지고 '삼방리' 라는 글자에 이렇게 설레긴 처음이다. 머지않은 날에 어머니 곁으로 돌아가 아내와 함께 또 다른 날들을 만들 날을 기대해 본다. 힘들고 어려운 일도 많았을 텐데 추진력있게 잘 해온 여러분들, 멀리서 응원하고 한 마음이 되어 주신 밴드의 고향 분들에게도 감사하다.

나에게 고향에 대한 행복을 안겨줘서… 새로운 감동을 줘서… 다시 가고 싶은 내 고향 '삼방리'를 만들어줘서… 많은 이들이 삼방리를 찾아 귀농 귀촌을 꿈꾸는 그날까지 행복마을 만들기는 쭈~욱 계속될 것이다.

최영남(마을입구 최씨네 셋째딸, 구미)

충북 옥천군 청산면 삼방리 장녹골. 이것이 제가 자란 고향 주소입니다. 이번에 행복마을 만들기 사업을 하며 1차에 통과가 되어 얼마나 기

뻔지 모릅니다. 동요 '나의 살던 고향은 꽃피는 산골, 복숭아꽃 살구꽃 아기 진달래~~' 제가 기억하는 고향 장녹골의 모습이 정말로 그랬습니다. 봄이 되면 울긋불긋 꽃이 핀 동네가 어찌나 예뻤는지 모릅니다. 동네가 산으로 둘러싸여서인지 저녁이 되면 각 집마다 아궁이에 땐 불로 동네가 연기로 가득 차 신비로웠던 기억도 있습니다. 왠지 신령님이라도 나올 것 같은… 그런데 이번 행복마을 만들기를 하는 동안 저수지 신령님이 진짜로 나타나셨네요.

2012년 저수지가 생기기 전에는 가운데로 동네 들어오는 길이 있었고 양옆으로는 논과 밭이 있었습니다. 저는 그 길에서 자전거를 배우다 다리에서 떨어져 다치기도 했고, 개울에서는 친구들과 학교에서 오다가 물놀이도 했고, 바위에 앉아 남은 도시락을 먹으며 쉬기도 했습니다. 저수지가 생기면서 그런 추억도 영원히 물 속에 묻히는 줄 알았는데 이번 행복마을 사업을 하며 저수지 주변에 백일홍과 측백나무 묘목을 심은 것을 보니 얼른 무럭무럭 자라나 꽃과 근사한 나무의 모습을 모두 함께 보면 좋겠다는 생각도 해 봅니다.

부모님이 돌아가신 뒤 객지로 나가 살던 저희 6남매는 뿔뿔이 흩어져 살지만, 주말에는 모두 삼방리 집으로 모여듭니다. 행복마을 만들기 사업으로 벽화를 그린다기에 낡은 시멘블록 담장을 매끄럽게 다듬어 그 담장에 10명의 아이들 출생 띠 동물을 아이들 각자 좋아하는 색을 이용해 그렸습니다. 우리 6남매의 어릴 적 추억도 소환하며 그림으로 남겼는데, 아이부터 어른까지 세월이 흐른 후 공유할 수 있는 이야기꺼리가 생겨 좋습니다. 조금 떨어진 곳에 부모님 산소가 있어 동네 오는 길까지 조카들과 함께 해바라기 씨앗을 심었는데, 공사 및 제초작업으로 인해 해바라기가 겨우 한 그루만이 자라고 있는 것이 아쉽습니다. 미리 밴드에 공지를 못한 저의 불찰이기도 했기에 앞으로는 더욱 밴드 활동을 열심히 하려고 합니다. 앞으로 달라질 삼방리 행복마을 2차 사업은 또 어떤 모습으로 진행될지 기대가 큽니다. 저는 지금 숲 해설가이자 환경체험교사로 일하고 있는데 저의 바람이라면 3차까지 잘 되어 저수지 주변에 올레길이 생기는 것입니다. 제가 나중에 삼방리로 돌아오면 미래의 저희 동네를 방문하시는 분들에게 동네 멋진 곳곳을 소개하고 저수지 주변을 거닐면서 숲 해설 및 환경교육을 할 수 있으면 좋겠습니다. 그런 날이 오기를 손꼽아 기다려봅니다.

정성렬(청산면 귀농인/작목반)

처음 청산 삼방리를 방문하였을 때 아담하고 푸근한 느낌이 들었습니다. 살기 편한 곳, 후덕한 인심이 있는 곳이라 생각하였지요. 봄부터 삼방리에 있는 밭을 경작하게 되면서 자연스레 마을 분들을 만나게 되었습니다. 주민들의 밝은 표정과 부지런함이 정겹게 다가왔습니다. 혹시나 텃세라도 있는 게 아닌가 했던 생각은 기우였고요. 행복마을로 지정되고는 더욱 활기찬 마을로 거듭나 보였습니다. 마을은 행복마을 사업을 하느라 항상 잔치 분위기입니다. 저수지 주변에 나무를 심고 가꾸는 과정을 지켜보니, 매사 심의하고 결정해서 실행하는 모습이 그야말로 직접민주주의의 올바른 사례를 보는 느낌이었습니다. 참으로 멋있고 보기 좋았습니다. 마냥 즐거워하시는 어르신들의 모습이 그토록 아름다울 수가! 마을벽화 그리는 일은 전에 보았던 다른 마을과 확연히 차이가 납니다. 허리가 굽으신 어르신을 비롯해 많은 분들이 나섰습니다. 심지어 외지에 살며 주말에 고향 찾아온 자제분, 손주들까지 합세한 공동벽화였습니다. 벽화엔 어르신들의 이야기가 담기고, 동학 이야기를 비롯하여 전래동화를 각색한 이야기도 그려지는 것을 보니 한바탕 벽화그리기 난장, 놀이터란 생각도 들었지요. 나중에라도 당신들이 손수 채색한 그림을 보시면 얼마나 뿌듯하실까? 마구 자랑하고 싶으시겠지요.

격주로 진행되었던 요가 시간에는 뻣뻣하게 굳은 몸을 쭉쭉 늘이는 시간이기도 했지만 끝나고 함께 간식을 만들어 먹는 행복한 시간이기도 했습니다. 제가 만들어드린 감자고로케와 찹쌀경단을 맛있게 드셔서 감사했습니다. 어머니께 못한 효도를 한 듯 저 또한 행복했습니다.

행복마을로 선정되어 2단계로 올라섰으니 새로운 마을사업을 하겠지요. 함박웃음과 더불어 커져 가는 행복이 눈에 선합니다. 너나없이 온 마을이 한 가족처럼 정겨운 마을. 서로 보듬고 위하는 마음들로 사랑이 그득한 마을, 기쁨이 넘쳐 나고 웃음이 샘솟는 마을 삼방리… 봄부터 지켜본 삼방리의 따뜻한 온기에 제 마음도 따스해집니다. 하여, 조만간 정 찾아 행복 찾아 삼방리 가까운 곳으로 이사를 가기로 했습니다.

도끼부인의 달달한 시골살이

등록 1994.7.1 제1-1071
1쇄 발행 2021년 3월 31일

지은이 고은광순
펴낸이 박길수
편집장 소경희
편 집 조영준
관 리 위현정
디자인 이주향
펴낸곳 도서출판 모시는사람들
03147 서울시 종로구 삼일대로 457(경운동 88번지) 수운회관 1207호
전 화 02-735-7173, 02-737-7173 / 팩스 02-730-7173

인 쇄 (주)성광인쇄(031-942-4814)
배 본 문화유통북스(031-937-6100)
홈페이지 http://www.mosinsaram.com/

값은 뒤표지에 있습니다.
ISBN 979-11-6629-030-5 03810